In New York

Alban Nikolai Herbst

In New York

Manhattan Roman

ARCO

Für Adrian,
dessen Leben dort begann:

DENIS
Site Manager

STAR HOTEL

212 695-1616
300 W. 30th St
N.Y. N.Y. 10001

Conveniently Located
One Block South
of Penn Station

I feel I have more in common with criminals – so-called criminals – than with other people. Not because of their criminality but because of their desire for freedom and their agony, suffering, sense of exclusion.

Allan Pettersson an Hans Ekheden, 1975

Traulich und treu ist's nur in der Tiefe:
falsch und feig ist, was dort oben sich freut!

Richard Wagner, Das Rheingold

Dieser riesige, silbern leuchtende, wunderbare Hudsonfluß! Ich blickte durchs Fenster meines Waggons auf Schiffchen, die sich so flirrend aufzulösen schienen, als ob sie über dem straffen Wasserspiegel schwebten. Bisweilen spannten sich filigranste Riesenbrücken darüber: Wunderwerke einer Symbiose aus Pioniergeist, modernen Legenden und Infrastruktur. Drüben, fast einen Kilometer übers Wasser hinweg, flankierte der dahingestreckte Hang die lethargische Poesie dieses Stroms. Villen leuchteten droben: sie hatten tupfige rote Dächer, darunter ein strahlendes protestantisches Weiß. Dichter Wald rückte an die Gebäude. Fern schien das sich urban aus Backstein, Eisenträgern, Glas und Beton aufgebäumte Brodelgebilde zu sein, als welches Manhattan Wilfried Talisker immer erschienen war.

Den ich jetzt beobachten fuhr.

Er war in Ghent erfunden worden. Von woher ich grad kam. Susanne Ajoub, Ignazio Vidal-Foch und ich hatten uns den prüde hypomanen Ton zerstreuen müssen, den die Leute in Amerika pflegen, ihre ständig gut aufgelegte Hysterie, die einen bereits morgens mit »Oh it's so great!« empfängt und nicht nachläßt bis zum Abend. Mit aller Bosheit, deren wir

Europäer fähig sind, imaginierten wir einen Menschen, den die Fügung über Nacht verdarb. Von heute auf morgen verläßt er Frau und Kinder, um sich dem Abenteuer hinzugeben – dem oder der Selbstvernichtung; darüber waren wir nicht einig. Ignazio votierte für diese, ich für jenes, und Susanne, hinterhältig, enthielt sich der Stimme.

Talisker war Demokrat. Ein guter Mensch, der Amtspflegschaften übernahm, sich gar drum drängte. Also so richtig zum Kotzen. Seinen Namen gab ihm mein Lieblingswhisky. Weshalb erst der Vorname den sonnenempfindlichen blonden Typen zur Person komplettierte. Eine nervös gepunktete Rötung der Wangen gab seiner wohlgesetzten Geldgier Jugend. Um sie zu betonen, trug Talisker gern Jeans und ein T-Shirt unterm offenen Hemd. Er wirkte sauber wie Hugh Grant.

Wie ich vor fünf Wochen, kam auch er mit dem Flugzeug. Nur daß er vom Airport Newark aus – der Flug nach dort war kostengünstiger als nach *JFK* gewesen – gleich nach Manhattan fuhr, nicht erst auf die Country Side. Er wollte schnell in die Stadt, man erwartete ihn. Jedenfalls nahm er das an.

Der Gedanke stammte von Susanne: Plötzlich schreckt so ein Rechtsanwalt auf in Graz, Basel oder Tettnang und begreift: Man will was in New York von dir. Doch ist er noch nie da gewesen. Er kennt auch keine Seele dort. Mithin, der Gedanke ist doch ziemlich irre. Nur läßt sich's ihm nicht mehr entziehen.

Wochenlang drückte er sich dem Mann in seine *REM*-Phasen. Vielleicht war er einer Fehlschaltung wegen hineingeraten. Jemand aus der Schattenwelt hatte ihm die Botschaft tückisch in ein Ohr geflüstert. Und auf die Innenhäutchen der Lider eine ausgestreckte Hand projiziert. Die Hand. Eine Pistole. Den Koffer. Ohne den geht es in solchen Geschichten nie ab. Weshalb nicht auch in den Träumen? Nun nahm er von denen Besitz.

Der Koffer trug vor dem Ledergriff links ein Monogramm: *GM*. Schon war Talisker vom Schlaf in ein Eisenbahn-Compartment gesetzt. AMTRAK hieß die Zugcompany. Er las es auf dem Ticket, dessen Kolorierung derart schmerzhaft war, daß der arme Mann aufschreckte wie von farbigen Schreien. Lag schweißnaß, war halb aus dem Bett gewälzt. Hob sich an, drehte sich, hielt den Kopf, stand auf. Karin schnarchte. AMTRAK. Nie zuvor hatte er den Namen gehört.

Es wurde nicht besser. Um halb drei in der Frühe beschloß er, sich zu stellen. Schrie nicht mehr. Glaubte auch nicht, daß er schrie. Sondern nahm den Koffer entgegen. Den mit der einen Hand, die Pistole mit der andren. Dann drehte er sich um und schritt, das Gesicht zum Tag, in sein Aufwachen fort: Caspar David Friedrich schaut auf die Skyline Manhattans. Und:

Abspann

Zur Seite: »Schläfst du?« – Nur das Schnarcheln.

Er mußte unbedingt telefonieren. Egal, wie spät es war. Fragte sich bei der Auskunft durch, der Deutschen Bahn, drang in Botschaftspförtner. Erst der Portier eines Nachtclubs half, dessen Cousin in Schenectady lebte: Es gab dieses Zugunternehmen im Staate New York. Damit war für den Anwalt alles zu spät. Er tappte ins Schlafzimmer zurück. Karin hatte aufgehört zu schnarchen. Trotzdem hatte er mit ihr nichts mehr am Hut. Ohne auch nur nach den Kindern zu sehen, ging er am frühesten Morgen.

Es war ein kühler Apriltag. Gleichgültig schnappte die Haustür ins Schloß. Erst in seiner Kanzlei, zwischen Akten und Gesetzestexten, mußte Talisker weinen. *Es* weinte s i c h. Es war lächerlich.

Um sechs ließ er die Putzfrau gleich wieder gehen, um neun die Azubis genauso. Dann schraubte er sorgfältig ein

Kabel aus der Buchse der *ISDN*-Anlage. Man hätte es heraus auch ziehen können. Er wollte aber schrauben. Dann scheuchte er noch die Schreibkraft weg. Vielleicht hätte Karin seinem Traum zuzeiten auf den Leib rücken können. Erst am nächsten Tag gegen die Tür zu poltern, verfing nicht.

Er hockte halb, halb hing er in seinem Thonetstuhl. Müde, nicht einmal schlaksig, den Kopf rückwärts aufs Nakkenpolster gesunken. Seine Finger streichelten das lasierte Holz des Buchenschreibtischs. Gleich hinterm Eingangskorb erhoben sich die Catskill Mountains. Derweil schlängelte sich mein Zug rechts davon – links also des Hudsonufers – an Holzhaussiedlungen, der Schönfelder Gesetzessammlung, den gregorianischen Villen vorbei. Der Zug passierte die Schreibunterlage. Ein vertümpelter See beulte den Strom: Hier hätte vor seiner Skalpierung Master Hutter mit seinen beiden Töchtern leben können. Die Bungalows über den hohen Uferhängen. Auf einem Inselchen stand eine Ritterburg; zinnengesäumt warn aber bloß die Fassaden. Durch die Fenster blickten Fenster der weiteren Mauern. Das romantisierende Gebäude sah wie eine Attrappe trotzdem nicht aus, sondern nach historischem Heimweh. Ein seltsamer Duft von Kindheit stieg daraus empor. Drüben indes winkte ein jedes auch zivile Gebäude mit *Stars and Stripes* ins Stromtal hinab. Das Land war viel zu groß, als daß der überall im Wind flatternde Nationalstolz nicht etwas Kindliches hätte behalten müssen. Jede Flagge in diesem Land, dachte ich, war an ein im Urwald verlorenes Blockhaus gehißt.

Talisker schloß die Augen. Der Sessel legte sein schwarzes Leder weich in die Dreiviertelschwebe. Kaum Poughkeepsie passiert, schon West Point, Akademie des Militärs, dann Yonkers. Nein, das war *mein* Weg. Indessen bereits die Vorstädte. Abraum. Industrieanlagen. Nur auf dem Grat der grün bewucherten Höhe, die links der Schriftsatz des Klagentwurfes

Lethen ./. Gregor flankierte und rechts Taliskers schmaler langer Kalender, sah man Colleges und Landhäuser in Parks. Und selbstverständlich ein paar Golfplätze sowie unten, am Strom, kleinere Yachthäfen. Über all dies hinweg lockten die Catskills fern und blaubraun in hellgrauem Dunst. Einer Spielzeugstadt gleich reckte sich unter der Boeing die Stadt rund um das Silber der immensen Lagune. Darinnen – eingefaßt in vier andere Boroughs sowie ihre Nachbarstadt Jersey City und von Flußläufen und Wasseradern aus dem Land geschnitten – das drohend lockende Manhattan.

Talisker atmete auf. Er fühlte sich wie jemand, der in ein Aquarium schaut, worin zwar keine Fische schwimmen, doch über den weiten Meeresgrund dehnt der Minimundus New York City sich aus. *Mana Hatta:* Das hatte für 25 Dollar Holland einem Indianerstamm … abgekauft – nun jà: *naar Nederlands Gebruik.* Doch blieben »die Wilden« des Handels zufrieden. Ihnen hatte die Insel gar nicht gehört. So war man gegenseitig über den Baumstumpf gezogen.

Die Piktogramme für Anschnallgurte und Rauchverbot leuchteten matt. Talisker beugte sich vor. Über die fantastisch leuchtenden, von diesem Leuchten überblendeten, pastellen verschwimmenden Hochhausspitzen fielen Sonnenstrahlen schräg wie ein Vorhang. Bis zu den Ellbogen standen die Gebäude in diesem Wasser aus Licht.

Er würde sich als allererstes eine Pistole besorgen. In einem Strafprozeß hatte Talisker mal eine Luger 9 mm gesehen.

Mein Waggon ratterte in die Stadt. Links und rechts hinauf Stacheldraht Zäune überdachte Schuttfelder aufgelassene ausgehöhlte Verwaltungsgebäude vergessene Fabriken. Bisweilen streckte sich noch ein Schornstein aus der Tiefe herauf. Überm zerstörten Putz der Mauern popwulstig farbige Graffiti. Schon nichts mehr als Gesteinsblöcke jetzt und leeres Geleise, das in Höhlen Schächte führte. Über Einfahrten, die an die Eingänge niedriger Stollen gemahnten, schwankten Grubenlampen. Manche von denen hatten Elektrizität und leuchteten; jedenfalls ließen sie ihr blasses Licht in Imaginationen aus Schatten schaukeln. Subwayschächte und Kanalisationswege führten zwischen bizarren Granitbrocken durch, waren in sie hineingesprengt. Sie sahen aus wie Türen Portale.

Mit Blick auf den Fluß machte ich am Ufer einen Obdachlosen aus. Sie nannten ihn Sky. Ein schmutziger Engel, so saß er zwischen den gesprungenen Felsen. Aus einem ihm unbekannten Himmel gefallen. Er konnte nicht mehr weinen, doch seine Nase lief. Er zog sich den Ärmel durch das Gesicht.

Schon vorbei.

Linksrechts Dämme Wälle. Beugte ich mich vor und legte den Kopf in den Nacken, ließen sich Fundamente und, darüber aufgereckt, Backsteingebäude erkennen. Rücksichtslos grub die Eisenbahn die narbenartigen, von Stadtplanungsämtern Architekten Gartenbauhygienikern sorgsam zugekleisterten Schnittstellen wieder aus, die dennoch den aufgereckten klaren Stadtkopf mit dem dunklen Körper der Erde verbanden. Wer aus Zügen schaut, dem läßt sich auf Dauer kein Stadtbild kaschieren.

Da schlüpfte der Zug in unterirdische Nacht.

Minuten später hielt er unterhalb Madison Square Garden in Penn Station Midtown Manhattan. Auf dem Bahnsteig stand ein junger schwarzer Schaffner, der aussah wie Jim Knopf. Ich lächelte dieser Erscheinung aus meinen Knabenjahren zu, ohne daß sie hätte wissen können, was mich so heiter an ihr stimmte. Immerhin, sie lächelte zurück. Was mich beschämte. Vielleicht, daß der Bursche mich trösten wollte. Oder sich selbst. – Hatte er alter Zeiten gedacht? Der Bahnhof war den Caracalla-Thermen nachgebaut worden und einst mit einer Arkade aus rosa Marmorböden und mit rosa Granitwänden versehen gewesen. Über die riesige Haupthalle hatte sich ein Glasdach gespannt. Heute hingegen stiegen die Reisenden von den unterirdischen Gleisen in eine funktionale B-Ebene hoch. Dort, an dem einen Ende des weitflächigen Souterrains, unterhielt die AMTRAK ihre Schalter und Dienstleistungsbüros.

Ein großer abgesperrter Bereich für Wartende rechts gleich hinter der Wand. Man mußte, um hineinzudürfen, das Ticket vorweisen. Rundum Läden von Hamburgerketten und Zeitungen Krawatten. Eis war zu kaufen, Softdrinks und Popcorn: Karamellensüß roch die Luft. Die Leute saßen teils auf dem Boden, teils standen sie gedrängt und starrten zu von der Decke hängenden Monitoren hinauf, um Abfahrten und Ankünfte zu lesen. Es rieselte klassische Musik auf Koffer und Rucksäcke, rieselte ins Gähnen Warten Räkeln. Jemand fegte. Ein Putzwagen rauschte heran und vorbei. Bisweilen tönten blecherne Ansagerstimmen. In einem Nebengang ein Schuster: die Wand entlang zwölf oder dreizehn Schuhputzstühle, auf denen oben Brokertypen saßen und sich von den Losern unten ihr Alden-Leder polieren ließen. Wieder daneben ein aberneuer Gang aus Konsum und Verbindungspragmatik. Der führte zu den Subwaystationen. Dort hatte die nächste Zuggesellschaft – *LONG ISLAND RAILROAD* – ihren Sitz. Sie fuhr bis Montauk von Max Frisch. Da ließe sich »In Amerika« lesen.

Mit Rolltreppen rauf. 7th Ave Penn Plaza Drive. – »Bleiben Sie stehen!« Ein junger kräftiger Schwarzer peste davon, stieß Leute beiseite, paar Polizisten hinterher. Reifen quietschten Sirene näher Hupen Schrei. Der Flüchtling im Zickzack Nochmals Bremsen Stop Fast dem nächsten Cop in die Arme gerannt. Es fror ihn im Schrittvorgang fest. Die Starre wich nicht, noch, als der Cop auf ihn schoß. Doch wie auf einer Gelenkscheibe gleitend, drehte er sich herum.

Dabei griff seine Hand langsam in die Joppe. Schon legte er mit höchstem Ausdruck von Verwunderung einen letzten Blick auf die Dinge. Der ging als ein Streicheln über Straßen Autos Passanten, ging auch über mich.

Die Zeit blieb stehen, dann explodierte sie, als sie der Blick zu nachdrücklich verdichtet hatte. Mit einundvierzig Bauchschüssen ging er zu Boden, Momodou Dembang. Und immer noch Sirenen. Hupen immer noch. Paar Schreie. Ein Krankenwagen fuhr die Leiche fort.

Angekommen. In Manhattan.

Talisker war nicht müde. Zwar lag New York City Time sechs Stunden hinter deutscher Zeit, doch war ihm in der gestauchten Schlange vor den Immigrationsschaltern bloß etwas schwindlig.

Schwarzflache, aufgespannte Plastikbänder improvisierten Gänge. Talisker gab den Antrag fürs Sichtvisum ab und blickte dem Beamten mit einer Ironie in die Augen, der nur das Timelag Wärme gab. Ein spöttischer Mensch war er nie gewesen. Doch der Behörden Ernst war zu komisch. Zugleich hielt er nach geheimen Zeichen Ausschau, Gesten vielleicht. Unwirsch winkte der Beamte ihn weiter. Hatte Talisker nicht bereits in Deutschland gemerkt, wie sein Tikket vermittels eines kleinen versteckten Handgerätes gescannt worden war? Ein, das wußte er, ungewöhnlicher Vorgang. Wenn auch dem Traum sehr angemessen. Nur: Woher hatten die Angestellten des Flughafens davon gewußt? Besser sich nichts anmerken lassen. Zumal, wiederum, hatte es Beruhigendes an sich gehabt, daß er bereits am Schalter der British Airways so bestätigt worden war. Also! Er war n i c h t verrückt.

Auch ich war es nicht. Talisker würde noch etwa eine Stunde brauchen. Ich war mir sicher, er nähme für zehn Dollar den Express, nicht den Stadtbus, der zwar mit 3,25 billiger war, aber auf seinem Weg nach Manhattan halb Jersey City abklappern mußte. Ein Taxi zog Talisker nicht in Betracht, obwohl ihn ungewohnte Wärme umfing. New York City liegt auf dem Breitengrad von Neapel. Das hatte er nicht bedacht. Aber es gefiel ihm. Um 12 Uhr war er abgeflogen, um 17 Uhr nun angekommen; ohne den Aufenthalt in Heathrow wäre, dachte er, gar keine Zeit vergangen.

Würde er in Geschäfte der Camorra verstrickt? Vielleicht hatte ihn das *FBI* für eine verdeckte Ermittlung geordert. Die zapften ja auch das Funknetz an, weshalb nicht das Stromfeld, das die Gehirne der schlafenden Menschen verbindet?

Gleich rechts um die Ecke der überdachte Busterminal. Mehrere Lanes. Nur wenige Leute. – Plötzliche Ungeduld. Doch der Expreßbus bog bereits zum Terminal ein. Talisker erstand sein Ticket bei einer autoritätsdicken Schwarzen in blauer Uniform, die stramm vor dem Gefährt auf und ab marschierte. Welch enormer Arsch!

Harsch nahm sie den Geldschein entgegen. Was heißt hier *Freundlichkeit*? – verkniffne Enge alleraugen. Nur zwei Schwarze lachten und strahlten an dem fremden Weißen vorbei.

Mit ihnen und sechs oder sieben anderen stieg Talisker ein.

Der Bus knatterte los. In grellem Gegenlicht nachtschwarze Brücken. Ewig an langgestreckten Komplexen entlang. Industrielle Flachbauten vermülltes Straßengewirr. Wie eine Drohung sah das aus.

In der zweiten Reihe vor Talisker gestikulierten die wunderschönen langen Finger der Schwarzen und verkneteten sich rätselhaft zur Komplettierung von Sätzen. Immer und immer neue Figuren waren es. Die hellen Handflächen leuchteten, als erzeugte ihre permanente Reibung Lichtenergie in der Haut. Der den Dialog kommentierenden Zeichensprache einen Sinn abzulesen, war indessen vergebens. Die tuffschwarzen Brücken zogen an Taliskers Blicken zu sehr. Groteske großartige Bogenführung ausgespannte Nutzflächen davor darunter Autoparks und prallvoll die Container-Äcker. Als die Silhouette New York Citys sich aus dem Smogdunst heraushob.

Auch hier wieder Unterführungen Stahl in Abraum und Felsen, deren gesprengte Quader zackig erstarrt. Bleiernes Schimmern von Wasserflächen auf dem Asphalt. Es schien nachts in Strömen geregnet zu haben. Dunkle Gitterraster verrostetes Loren-Schmalspurgeleise – endlose Finger, die in der Unterwelt bohrten. So war die Einfahrt in Manhattan selbst im Sonnenlicht Schattenmoiré.

Der Bus fuhr auf den sich flußlängs streckenden Berggrat, dann in Serpentinen zum Ufer hinunter. Überm lockenden breiten Wasserstrom vibrierte Manhattan in der aufgewirbelten Wärme. Als der Bus oben angekommen war, hatte Talisker auf den lockenden breiten Wasserstrom hinabschauen und zum ersten Mal, drüben, Manhattans Lage deutlich erkennen können: einen grünen Norden und davor die sich stolz hebende Kontur der Stadt mit des Empire State Buildings hohem berühmten Profil.

Die Bebauung wurde niedriger, ja flach, und stieg erst downtown wieder an. Sehr an. Ernüchternd indes, wie wenig World Trade Center und City Hall sich von ihren Ansichtskarten emanzipierten. Sie emanzipierten sich eigentlich gar nicht. Um schließlich das zu sehen, mußte niemand reisen. Keine andere Stadt ist derart verfilmt worden wie diese, keine von Bildern so sehr geleert. Als wäre die Seele New Yorks im unentwegten Blitzlichtgewitter erblindet.

Oder sie hatte sich versteckt.

Hupen Gedränge Rushhour. Ein Maul klaffte auf. Tief der Bus unterm Hudson. In Taliskers Erinnerung, kurz, fiel ein Licht: Karin Klärchen Tom. Die gingen ihn nichts an und fehlten ihm nicht. Er lächelte darob. Welch unmoralischer Mensch ich doch bin. So ist das Leben, dachte er voll Frieden. Es donnert und Wums! hat man einen umgebracht.

Ein Gewirr von Fahrspuren. Häuser schossen hinter aufeinandergekastelten Flachschuppen hoch. Waren es Silos? Spontan zog Talisker den Kopf ein: So dicht war das Fahrzeug um die Ecke gejagt. Auch die zwei Schwarzen machten einen erschrockenen Eindruck. Stoisch verhielten ihre Hände den Ausdruck.

In einer Parkbucht der zweiten Etage kam der Bus zu stehen. *New York City Port Authority.* Einem alten Parkhaus gleichend. Beton, viel Stahl bißchen Glas. Von Abgas rußschwarze Wände. Blaßrote blaßblaue Schrammen, grauverstreiften Scharten gleich, an den Auffahrtwänden.

Die Schwarzen stiegen aus. Die paar andren Passagiere stiegen aus. Talisker stieg aus.

Da stand er nun mit leeren Händen in seinem neuen Leben.

Wie weggepustet plötzlich die Leute, verschwunden geradezu. Nur ihm im Rücken tratschte der Busfahrer mit einem Kollegen. Es war wie Getuschel. Beide sahen mehrmals her, guckten schnell wieder weg. Dennoch war sich Talisker nicht sicher: War, wer ihn gerufen hatte, über seine Ankunft bereits informiert?

Ich nahm Quartier im Aladdin's an der 45th St. Achtzig Dollar verlangten die für ein Einzelzimmer der untersten Kategorie: hundertfünfzig Mark beim jetzigen Tauschkurs.

Kam nicht infrage.

Ich mietete mich in ein Vierbettzimmer des fünften Stockwerks ein. WC und Dusche auf dem Flur. – Zwei Betten schon belegt. Ein seltsam süßer Fußschweißgeruch hing in dem Raum, den ein gewaltig vergittertes Fenster verschloß. Es ließ sich nicht öffnen. Oder ich hatte keine Geduld. Ich mußte mich, Taliskers wegen, beeilen.

Mit dem Rucksack belegte ich das Bett. Die Zeit, das Zeug meiner Mitbewohner zu durchsuchen, hatte ich nicht. Was Talisker bestimmt getan hätte, um sicherzugehen.

Jeden Moment käme er an. Wobei, er stand ja bereits am Busterminal.

Der entsetzlich langsame Lift seilte mich ab. Ich kratzte am roten Teppichboden, mit dem die Wände verkleidet waren. Würde ich den Mann denn erkennen? Bislang war ich dieser Frage ausgewichen. Womöglich sah er ganz anders aus, als ich's mir vorgestellte hatte. – Auf die Straße! Den Zimmerschlüssel nahm ich mit.

Dreivier Stufen.

Es war nicht viel draußen los. Gegenüber standen in einer Schlange längs des kleinen Musicaltheaters um verbilligte Karten Leute an. Baldachin überm Eingang. Eine Sushia gleich links. Die Preise auf der ins Fenster gehängten Speisekarte schlugen ohne Verzug meinen Blick zurück. Bloß gut, daß ich meine Kreditkarte hatte. Hier bist du ohne die aufgeschmissen.

Selbst auf der 8th Ave kam der Verkehr mir fast zahm vor. Wie ihre Parallelen führte sie bis zur 14th St strikt von Nord nach Süden – die Streets verlaufen im rechten Winkel ostwestlich dazu. Jedenfalls schien Manhattan nicht im geringsten so quirlig zu sein, wie ihm nachgesagt wurde, noch laut. Wer jemals in Neapel war, von afrikanischen, gar indischen Städten zu schweigen, konnte über die Mäßigung nur lachen, die der Reiseführer zum Anlaß für Warnungen nahm. Ich ahnte ja noch nicht … – Doch sogar hier, in der Gegend des Busterminals, einem moderierten Rotlichtviertel mit drei Peepshows und anderthalb Läden für Sexzeugs, hielt man an jeder roten Ampel. Die Fußgänger, Göttinseidank, taten's nicht.

Egal, keine Zeit.

Es waren vom Aladdin's zur Port Authority drei Straßen. Drei Straßen in Manhattan bedeuten drei Minuten. Fünf Minuten geht man von Avenue zu Avenue, von Block also zu Block.

Obwohl in einen engen Glaskiosk gequetscht, war die dicke Servicefrau des Busbahnhofs überaus freundlich. Dabei sah sie genau so aus wie die Ticketverkäuferin aus Newark. Tatsächlich! Wo hier der Bus von dort hielt, wußte sie allerdings nicht. Jedenfalls nicht so genau. Irgendwo hinten im Third Floor, sagte sie. Sie meinte die zweite Etage. Ein Erdgeschoß wird hierzulande erstes Stockwerk genannt. Eigentlich logisch. Was soll ein nulltes Stockwerk sein?

»The 13th Floor« soll es hingegen nirgendwo geben. Den Spielfilm allerdings ständig.

Wo gehe es denn hoch? Sie zeigte mit zwei Fingern: an den aufgewölbten Kuppen rosafarbene, kringelverzierte Kunstnägel. Meine Augen folgten dem imaginären Strahl, in den da Talisker hineinsprang. Er nämlich war es. Gar kein Zweifel, auch wenn ich ihn nur an dem Koffer erkannte. Hugh Grant ähnelte er nämlich nicht im geringsten. Sah eher wie Ben Becker aus. Und wirkte noch um einiges jünger, als ich es mir ausgedacht hatte. – Voller Elan war der pickelige Leptosom von den oberen Parkdecks herabgetreppt und setzte den Koffer, auf den er hier sehr würde achthaben müssen, zurück auf die Rollen. Sonst behielt' er ihn nicht lang. – Für keinen Moment wirkte er unsicher. Einer, den die fixe Idee über seine Träume bis in die Wirklichkeit verfolgt, hätte fahriger sein müssen.

Er zog den Teleskopgriff des Rollkoffers aus und verließ den Terminal gegen die 8th Ave, schlüpfte, um einiges flinker als ich, an Straßenhändlern und Taxifahrern vorbei. Hielt sich rechts. Zog den rollenden, rumpelnden Koffer die ganze Straße lang hinter sich her.

Links hinten reckte sich das Empire State Building über die wie Terrassen angelegten Haus- und Hochhausdächer, unter denen der verwaschene rote Backstein zur Straße hinabfiel. Plakate in Hauswandgröße waren an die Hänge geschlagen. Der Virtualwelt Hinweisschilder ließen durch Tausende Fenster blicken. Man wußte nicht, ob heraus ob hinein. Leute schlurften mir in ausgelatschten Reeboks entgegen. Graublaß Beton, ragend lieblos roh, Gitter und wieder Plakate. Die Häuser sahen aus, als wäre gepreßter Pappeabfall. Einmal blieb Talisker stehen, um Ansichtskarten zu beschauen. Möglichst unauffällig passierte ich ihn und wartete an der Ecke West 38th. Er spielte mit dem Gedanken … Nein, das täte er nicht! Bin ich Tourist?!

Er steckte die Karten wieder zurück in den Ständer und bog gleich nach Madison Square Garden in die 31st links. Kannte er sich nun *doch* aus und wußte, wohin? Seltsam. Oder hatte er das Hotel vorgebucht? Das hatte ich nicht mitbekommen. Er mußte es in der Nacht zuvor getan haben, als ihn meine Imaginationen alleingelassen hatten, weil ich auf meiner Fahrt vielleicht doch etwas gedöst hatte.

Die kahle Straße voller Müllbeutel. Aufgeplatzt Eßbares zwischen dem Schutt gesucht. Die Penner schliefen hockten am Boden. Saßen auf dem treppenartigen Anstieg eines türlosen Blocks. Zwei Cops, enorm wichtig, kontrollierten sie. Gemurre. Doch aufzubegehren traute sich keiner. Es waren, so kam es mir vor, noch dieselben Polizisten wie vorhin. Hatten die Regel der 48 Stunden in Anspruch genommen: Erst nach Verstreichen dieser Frist ist Vorgesetzten Rede und Antwort zu stehen.

Zwischen geballten Wolken in Schwarz brannte die Sonne herunter. Ich hatte Talisker plötzlich verloren. Dumm stand ich da. Wartete, spähte. Hatte er mich schon am Terminal bemerkt und jetzt abgehängt? Wie routiniert! Dabei war ich bloß für eine Sekunde unaufmerksam gewesen. Die Augen dieser jungen schwarzen Frau hatten mich eingefangen, die aus einer riesigen Gap-Khakis-Affiche von hoch weit oben über mich und die Metropole hinwegschauten. Welch seelenvoller Blick! – Reiß dich zusammen! Es ist ein Plakat!

Als ich aus meiner Konfusion herausgefunden hatte, war Talisker fort. Und ich schaffte es nicht, konzentriert nach ihm zu schauen. Denn die hochgewachsene, rätselhafte Dame, die mich soeben passierte, sah exakt aus wie die affichierte Frau. Überdies war ich *gestreift* worden … nicht nur von ihrem Blick, nein, von ihren Händen. – Sie blieb, allerdings schräg abgewandt, stehen, hob das rechte Knie leicht an und setzte ihre Handtasche auf dem Oberschenkel ab, über die sie sich beugte, um drin zu kramen. Sollte ich sie ansprechen? War mir unsicher. Ungut in einer solchen Situation. Riskierte ich nicht, Talisker gar nicht mehr wiederzufinden?

Dennoch, ich spielte es durch:

Als wären wir einander vertraut, sah sie von ihrer Tasche auf, erklärte indes: »Ich dachte, ich hätte irgendwo eine Visitenkarte für Sie.« Und kramte weiter.

»Weshalb Visitenkarte?« fragte ich.

»Weil ich es schön fände, sähen Sie mir zu.«

»Zusehen?«

»Das wissen Sie doch, daß ich Tänzerin bin.«

»Model …« wandte ich ein, *Stripperin* indes fuhr mir durch den Kopf. Table Dance.

Meine anscheinende Verwirrung ließ ihre weißen Fänge blitzen. Enorm kräftige Zähne. *Fänge*, genau. – Sie hatte die Visitenkarte gefunden, reichte sie gleichermaßen charmant wie beklemmend mir her. – »Doch *das* da«, sie deutete mit Kopfrucken hoch zum Gap-Khakis-Plakat, »da irren Sie sich. Die Aufnahme wurde vor vierzig Jahren gemacht.«

»Da g a b es aber die Firma noch nicht.«

»Schon richtig, Mann. Die gab es noch nicht. – Aber merken Sie sich den Namen: Legz Diamond's …

231st West 54th St, wie's auf der Karte steht. Nur ein paar Schritte vom Broadway.« – Erst jetzt schloß sie die Handtasche wieder. – »Und was das wichtigste ist, es ist nicht einmal teuer.« – Sie spielte noch etwas mit den länglichen messingfarbenen Verschlußknöpfen.

»Gut, ich komme hin«, sagte ich zu.

Doch sprach ich natürlich ins Leere. Sie war ja längst weitergegangen. Das merkte ich aber erst, als mich das ohrenbetäubende Sirenen eines rotglänzenden Feuerwehrwagens mit lackweißem Dach aus den Gedanken riß. Rasend schnell kam er näher. Silbern blitzte, gewienert geradezu, die Leiter obenauf.

Jemand dauerhupte. Was war denn plötzlich los?!

Ich mich kopflos umgedreht. Wieder zurückgedreht. Und wo war jetzt sie hin, diese Frau? – Aber da saß sie ja! Ach, eine Obdachlose nur. Sie sah mich an und nickte. Es war genau der Blick. Bestürzt schaute ich erneut zum Plakat hoch, verglich. Da gab's überhaupt keinen Zweifel.

Ich zog paar Dollars aus der Hose, schritt auf die Obdachlose zu.

Der Feuerwehrwagen raste vorbei, mir das Heulen im Ohr. Ein zweiter Feuerwehrwagen sirente. Man hätte schreien müssen, um verstanden zu werden. – Stumm reichte ich zwei Scheine am ausgestreckten Arm. Furchtbar selbstbewußt nahm sie sie entgegen. Ihr linkes Auge blau unterlaufen. Ein Bluterguß, na klar. Sie war mal wieder zu frech gewesen.

Was sagt sie?

Die Feuerwehr weg in die 8th.

»Was haben Sie gesagt?«

»Ob du ficken willst, Mann.« – Sie knautschte die Geldnoten in ihren aufgeplusterten Kunstfellparka. Nix weiße Fänge: furchtbar schlecht die Zähne.

Ich wandte mich brüsk ab.

Bis zur 7th Ave war's noch ein Stückchen. Hier hätte Talisker nirgends hineingekonnt, nur rechts gab's Einfahrten für den Lieferverkehr. Die aber zugesperrt waren. Wo hatte er sich also versteckt? Hinter einem der Stromkästen vielleicht, oder war es der da, der seinen Kopf zwischen die beklebten Plexiglasschirme des öffentlichen Telefons steckte? Der hatte aber keinen Koffer. So blieb mir nichts übrig, als suchend herumzustreifen. Weit konnte der Mann noch nicht sein.

Erst jenseits der Kreuzung in den hohen Häusern wieder Läden unten und winzige Bürolokale. Richtig Betrieb war auch das nicht. Hin und wieder ein *PKW*. Ich langte an der Avenue an. Sollte ich wirklich hinter einem Fantasma herrennen? Das wär nun doch pathologisch gewesen. Ich treffe ihn schon wieder.

Zusammengedrängte Touristenpulks Penn Plaza Drive. Madison Square Garden: die breiten Freitreppen des dem Pop und dem Boxen geweihten Sakralbaus. Auch hinab führten Stufen, also zur B-Ebene, seitlich Rolltreppen, endlich *strömten* mal Menschen. Abermals Feuerwehrwagen. Blutrot jagten sie die Avenue downtown, ihr Heulen schreiend aufgedreht. Es gab eine Stauung anderer Wagen, nächste Sirenen. New Yorker Hilfs- und Überfallkommandos konkurrieren um immer neue Signalhornsequenzen, individuell von Auto zu Auto, zeitgenössische Pferde.

Jemand sprühte mit einem Wasserschlauch den Schmutz vom Gehsteig vor seinem Laden. Brandig riechender Dampf stieg aus den Gullis, der lecken Heizungsrohren entwich.

Überhitzte Trafos müffeln genauso. Oft faserte er auch aus Hauswänden raus und flatterte unter Dachvorsprüngen. – Intensiv wischte einer Hörer und Sprechmuschel eines öffentlichen Telefons mit seinem Taschentuch sauber, steckte erst dann in den Münzschlitz die Münze. Überhaupt war die Gegend mit Telefonen gesprenkelt; alle paar Meter ein nächstes installiert. Auf parkuhrähnlichen Stangen bisweilen ein Windschutz. Wer nichts zu essen hat, soll wenigstens kommunizieren: Matrix des kapitalistischen Handels.

We make the Taj Mahal look like a nut shell

Die Gigantomanie hatte den Mythos ersetzt, den der Protestantismus verweigert. Plötzlich verstand ich den Jazz: Er füllte dieses Vakuum. Rhythmen strömten in mich ein und fluteten die Straßen. Die meisten Leute trugen dennoch Walkmen. Weshalb? Als nähmen New Yorker ihre Umwelt durch die Kopfhörer wahr. Jeder Spaziergang glitt durch Filme. Dabei kultivierten die Schwarzen einen wippend synkopischen Gang. Wir Weißen indes, wir hasteten, wenn wir nicht schlurften. Uns geht's ums Überwinden von Strecke.

Die öden alten, sehr breiten Automobile: eingerostet verbeult. Abgerissene Leute wie in Berlin, verknorkelte braune Papiertüten in den Armen, aus denen sie irgendwelchen Nahrungsmüll in sich hineinstopften. Die Gesichter marmorgrau. Noch vom Winter, der hierorts ziemlich mitleidlos ist. Runtergekommene uralte Jeans. Links und rechts aber Edeldesigner. Wer nur trug nun dieses Zeug? – Kleine Schneidereien Pelzgeschäfte Läden für Knöpfe und Lederwaren. *Garment District.* 6th Ave und Baseballmützen. Weite knautschige Hosen, Mäntel aus den Vierzigern.

Allmählich bezog sich der Himmel. So eng standen die Hochhäuser nicht, daß man ihn aus dem Gesichtsfeld verlor.

Eine diesig feuchte Luftschicht drückte in Manhattan hinein. Gelegentlich fielen schon Tropfen. Doch blieb es noch heiß.

Ich hatte die Lebensader, den Broadway, erreicht, der von ganz unten downtown – dort mit einem West Broadway genannten Parallel- und Nebenfluß versehen – bis weit hinauf in die Bronx langt. Hier hieß die Straße nur anders, hieß *Corean Broadway* nach ihren Bewohnern. Doch wuselten durcheinander die Völker. Vielleicht deshalb das Straßenschild derart betont: weiß mit in Blau koreanischen Lettern. New Yorks asiatisches Bayern. Das war nicht ohne Witz.

Die Gebäudezeilen reichten nicht gar mehr so hoch, bizarre Wasserbehälter auf den Dächern. Insektenartige Wächter, die schwarzen Beinchen eigenwillig geknickt. Wie Weberknechte. Teils auch staksig langgestreckt. Manche standen auf Podesten.

Touristen schoben sich vom Times Square her. Sie hatten Zeit. New Yorker mit Arbeit waren am schnellen Schritt zu erkennen; die hatten, statt zu gucken, zu tun. Hoch schaut nach einer Woche sowieso keiner mehr. – Werbezettelchen, Handouts. Clairevoyant *Psychic Readings by Janet* Chiropraktiker Fußspezialisten. Nicht selten Herren im Anzug, an den Füßen aber trugen sie Sneakers. Orthodoxe in mosaischem Schwarz, weiß nur das Hemd und über der Kipa schwarz noch den Hut.

Die Männer unterhielten sich nicht. Sie standen nur da und sannen. Einer hatte sich die Schläfenlocken hinters Ohr gestrichen. Ich mußte an »Die Orgelpfeifen von Flandern denken« und daß ich, als ich die Novelle schrieb, nicht gewußt hatte, daß sich chassidische Frauen das Kopfhaar abrasieren müssen. So tragen sie täglich Perücken. – Wie viele Wahrsager es gab! Jugendliche Latinos, auch sie einen Gang aus lauter Synkopen Gewippe Musik in den Hüften. Und zum vierten oder schon fünften Mal ein Verrückter. Schritt forsch aus, hielt laut rezitiert ein Selbstgespräch, blieb stehen, nickte, sprach sich erneut etwas zu und warf den Kopf in den Nacken. Schritt weiter, zehn Meter, zwanzig Meter, blieb abermals stehen. Nickte abermals. Schüttelte eines Jemandes Hand, der nicht da war. Lachte. Warf den Kopf in den Nacken. So den gesamten Block entlang, bis er rechts abbog.

Man drückte mir einen Zettel in die Hand. Werbung für ein Striplokal. Nicht zu fassen! *Legz Diamond's*! Blickte die Frau von dem Plakat mich daraus an? Hatte sie mir den Zettel zuspielen lassen? Momentlang erkannte ich sie, doch schmolz die Kontur unvermittelt ins Gesicht einer brünetten Jasmin St. Clair, die den Besuch ganz ebenso verdiente.

Ich stand vorm Harald Square Hotel. Jugendstilverzierungen um das Portal, droben die Gipsfigur eines geflügelten Kleinkinds. In den Zwanzigern hatte das Engelchen einem Magazin namens *Life* als Emblem unbeschadet humoresker Familienwerte gedient. Redaktion und Zeitung waren mittlerweile Legende. Rätselhaft blickte das Puttchen auf mich, den getreppten Doorway und die Koffer einer japanischen Reisegruppe hinunter, die seltsam still bei ihren Besitztümern stand, welche jedermanns Passage

auf dem Gehsteig versperrten. Vielleicht erwarteten die Leute ihren Bus. Taxis hielten sie jedenfalls keine an. Immer wieder drängelte und drängte sich jemand durch sie durch. Ganz ohne Rempeleien ging es nicht ab. Ein paar aspirante oder bereits gelistete Hotelgäste hüpften die eleganten Treppen hinauf, andere hüpften herab, tauchten zwischen den Japanern unter und durch diese im Verkehrsfluß davon. Ich war mir sicher, daß Talisker, den frechen sozusagen winkenden Halbgott bemerkend, sich ihm kaum hätte entziehen können. Ἄγγελος, Engel, bedeutet im Griechischen Bote. Für mich die Botschaft war er nun selbst. Welche aber, welche?

Neben der Sprechöffnung des Glaskäfigs lag auf der Konsole eine hektografierte Broschüre, die über das Gebäude und seine Geschichte informierte. *LIFE* LOST AND FOUND. Das paßte nun besonders. Ich fragte auf gut Glück, ob Mr. Talisker schon eingetroffen sei. 60 Dollar, las ich, solle ein Zimmer hier kosten.

LIFE
LOST
AND
FOUND
A HISTORY
OF THE
HERALD SQUARE HOTEL
FROM THE BEGINNING AS
LIFE PUBLISHING COMPANY
BY
ABRAHAM PUCHALL
NADINE CHARLSEN
ME. ROY
PUBLISHED BY
THE HERALD SQUARE HOTEL
19 W. 31ST STREET
NEW YORK, NEW YORK 10001

Die junge weiße Frau in der verglasten Rezeption tat so, als verstünde sie nicht. Überhaupt hatte ihr Ausdruck etwas Widerstrebendes. Ich ließ mich nicht abwimmeln. Die Missy tippte, sah auf.

»Talisker, sagen Sie?«

»Talisker, ja.« Ich buchstabierte den Malt. Tastend gab sie Letter für Letter ins Keyboard ein und fand den Namen endlich. Ich hatte ja vorgebucht. Es tue ihr, falscher Stimmton, überaus leid: Noch sei der Gast nicht eingetroffen. Ob ich eine Nachricht hinterlassen wolle? Sie lächelte asexuell.

»Oh, das wäre freundlich! Haben Sie einen Briefumschlag? Und den Rotstift da …!«

Ich kritzelte oben auf LEGZ DIAMOND's: *9.30 p.m.* und kringelte es ein.

Sollte ich unterschreiben? Aber wie? Mein Name hätte ihm sowieso nichts gesagt. Ich kritzelte den ersten, der mir einfiel, hin: *Meissen, Gottfried Meissen*. Das hatte was. – Die Missy machte einen langen Hals; ich ließ sie einen Blick auf den Pornostar werfen. Sie rümpfte ihre Seele. Dabei zeigte Mrs. St. Clair nur das Gesicht.

Ich schob den Handzettel in das Couvert, leckte die Gummierung und adressierte die Einladung an *Mr. Wilfried Talisker*. Den Abschiedsblick der Missy kommentiere ich nicht.

Er kam, als ich bereits vor MACY's stand. In Gedanken in die 6th Ave gebogen, hatte er sich kurz im lebhaften Dreieck des Greeley Squares verirrt, gelassen ein paar Sushi genommen und dabei seine Visacard ausprobiert. Nun überraschte ihn meine Nachricht. Man war über seine Ankunft also doch informiert und wollte ihn treffen. Aber weshalb in solch einem Etablissement?

Nachdem er in dem engen Lift hochgefahren war, beschloß er, von jetzt an zu rauchen. Die Vorstellung machte ihm Freude.

Erst nach mehreren Durchstreifversuchen ließ sich die Tür seines Zimmers mit der Magnetkarte öffnen. Talisker tat einen Schritt und war drinnen, der nächste hätte ihn ins Bett befördert. Will sagen, auf die Zimmerfrau. Die nämlich saß auf den katastrophalen Spuren der vergangenen Nacht und televisionierte. Zwei Fünftel des Raumes hielt das monströse Fernsehgerät besetzt. Zwei weitere Fünftel brauchte ein so fantastischer Safe, daß Talisker noch wochenlang von ihm träumte. In den Rest teilten sich, ecco, Bett – ein splittrig wirkendes Nachttischchen dran – und die Miniatur eines Kleiderschrankes sowie die drei in eine seiner Seiten geschraubten, viel zu großen Haken. Wie klein er nun auch war, ließ sich seine Tür dennoch nicht ganz öffnen, weil das Gestell des Bettes im Weg war. Und hätte man es weiter nach links an die Wand geschoben, wofür das Nachtschränkchen hätte entfernt werden müssen, wäre für einen Koffer kein Platz mehr gewesen. – Zudem war es ziemlich dunkel, weil die Klimaanlage wuchtig Fenster und Scheiben verschloß.

Die Zimmerfrau, emphatisch in die Sitcom atmend, hielt eine Sagrotanflasche rechts. Talisker mußte hüsteln, um sich bemerkbar zu machen. Erschrocken fuhr die Frau herum. Ihre Augen verrieten die Russin. Sie rrrrollte: »Sorrrrry sorrrrry!«

»Soll ich mir ein anderes Zimmer nehmen?«

Sie verstand nicht, sprach nicht, starrte nur weiter.

»Entschuldigung, ich habe dieses Zimmer ge m i e t et.«

Das ließ die Kopeke fallen. Sie klirrte auf den Boden und kullerte davon. Die Russin hinterrrrdrrrein. Durch die offene Tür, die klappte zu, auf den Flur. – Talisker setzte sich aufs Bett, vermied aber eine Berührung der zwei postsowjetischen Dellen. Er schaltete den Fernseher aus.

Eisig wehte die Klimaanlage.

Hoffentlich waren wenigstens Handtücher da. – Waren sie.

Er telefonierte mit der Rezeption, beschwerte sich. Nein, nicht j e t z t das Zimmer machen, ich will erst mal duschen. Und lassen Sie mir eine Schachtel Marlboros bringen. Dann suchte er auf dem Stadtplan die 54th St. Der Club mochte nicht mehr als dreißig Gehminuten entfernt sein. So hatte es bis halb zehn keine Eile.

***Macy's* gilt als das größte Kaufhaus schlechthin.** Mittlerweile wollte man, à la *Bloomingdale's*, auch die Upper East Side locken. Überall Baustellen in Höhe 34th, Geschmetter und Krachen halb Manhattan im Abriß. Moralisch war die Stadt schon gereinigt, nun wurde der Tisch auch architektonisch gewischt. Man sanierte die Halbwelt, repräsentativ die Straßen poliert. Eine Putzkolonne von Mickey Mäusen war in den Times Square wie der Prophet in die Säue gefahren. Das hatte New York neumissionierend desinfiziert. Allen

Dreck an den Stadtrand kippen: So hatten sie es vor Jahren mit der Upper West Side gemacht. Heute bekriegte den Capulet der Montague allein noch in der Oper. Mary Shark und Tony Jet.

Dort stand nun das Lincoln Center mit Met und New York State Opera. Die angrenzende Avery Fisher Hall nicht eigentlich häßlich, nur könnt sie auch in Bremen stehen. Zunehmend vergingen die Städte in einer planen Äquivalenz. Tourismusbranchler fanden das toll, Immobilienmakler auch. Und die frittenmampfenden Teenies bei *Riese's*, die weder zu jenen noch diesen gehörten, kannten etwas anderes nicht. Die begrüßten sowieso, was geschieht. Hießen nicht auch wir den Umbau unserer Innenstädte in verkehrsberuhigte Fußgängerzonen willkommen? In den beiden letzten Jahrzehnten ging der Einzelcharakter westlicher Städte verloren. Nicht weil sie sich ausgelebt hätten, sondern weil ihn das Geld nicht verträgt. Wer kalkuliert, will Norm. Nur daß Geschichten dort alleine gedeihen, wo es die Leidenschaften gibt: Haß Liebe Tod. Wo nach Lust gehandelt wird, nicht nach Gewinnen. Und nicht ständig mit Präservativen gevögelt. Niemals ist das Leben *safe*. Das war's, was Talisker grad dachte, als … in demselben Moment: Da! Sieh doch hin! Flog da oben nicht wer? zwischen den blauen hochgestreckt-engen Scheiben? schoß aus dem Himmel, Looping, um die

Ecke gerast – und schon fort??! – Eine Täuschung? Bist du dir sicher? – Man stieß mich: Geh weiter! Keine Zeit! Keine Zeit!

Ich stolperte und stand noch immer vor MACY'S.

Dann war Dunkelheit über Manhattan gefallen. Die Straßen wurden nun n o c h ruhiger. Nach neun, halb zehn starben die Geschäftsschluchten aus. Die studentischen Kneipen im East Village nicht. Doch auch vor denen hatte Giulianis prüde *Quality of Life Campaign* nicht völlig Halt gemacht. Der Puritanismus erzog zur Verdrängung. Auf der sitzt immer als Deckel ein Mord.

Im City Council wurde wegen des verderblichen Einflusses öffentlicher Pissoirs gestritten; alljährlich legte man Anträge vor, das letzte abzureißen, das es – im Central Park – noch gab. Weh über der Urinale Entgrenzungs- und Zersetzungskraft! – Selbstverständlich war Alkoholgenuß reglementiert; im Freien strengste Prohibition. Nur in Bars und lizenzierten Restaurants bekam man ein Bier. Nirgends Enthemmung. Nur war sie dort, wo Broadway und 7th Ave zeitlang ineinanderfließen, hinreißend Show: Lichtspiel auf den Hängen der Wolkenkratzer, die man für titanische Projektionswände nahm. Den angrenzenden Bezirken indes waren die Pulse abgesaugt. Sie pochten bloß hier, wo aus jedem Dunkel Lichter barsten: verpaffende, sich zersplitternde Lockungen, die sich bei hellem Bewußtsein verkriechen mußten. Im Theaterdunkel der Kinos wurden sie geläutert, dann, wenn die Moralität sich nach vorn konzentrierte. Das Wesen New Yorks war die Leinwand, Fassade der Film, der drauf läuft. Eine unsagbar herrliche Blendung. So mythisch der Konsum, alle Werbung Sakralkunst. Schon weil es keine strikten Ladenschlußgesetze gab und die Geschäfte, die die Nachtzentren flankierten, rund um die Uhr geöffnet hatten. Aber h i n t e r der Leinwand war nichts als Wand. Ich mußte den paar Straßen nur meinen Rücken kehren, und aller Glamour bröselte weg. Wo noch Feuchtigkeit blieb, gärte Schattengetier: augenlose Lurche versteckte Prostitution Gummiknüppel schlechtes matschiges Essen. Agonie und Aggressionen aus Angst.

Wie oszillierte, strahlte, wühlte die Welt! Ich schritt gegen den Strom der Touristenzüge durch Funkeln und Blaschen Aufjaulen Kreischen. Rufe Hupen Sirenen. Auf uns niedersehende Riesengesichter: Nasen männergroß, und ganze Dachfirste überrauschten die Säume von Kleidern. Ein Tarzanplagiat schwang sich lächerlich bunt über den Eingang eines Lichtspielhauses in der Größe dieses Lichtspielhauses selbst. Hotdog-Wägelchen, halbverbrannt schwelende Barbecuespieße. Vorm *Mariott* Glitzer *Marquis* spielte jemand Saxophon, paar Meter weiter trommelten Schwarze Passanten zusammen. Ein Mann hatte sich einen lebenden Python um die Schultern gelegt, paßte die Schlange Touristen an; so ließen die sich fotografieren.

Einem Delta ähnlich, in dem der Times Square über die Ufer trat, schob er ganze Pulks von Japanern, aus Broadway, 7th Ave und 42nd St zusammengeschwemmt, in den Duffy Square. Ein Meeresbüslein das Plätzchen zu den Wellenfüßen der cleanen hohen Glasstahlgebäude sowie den Palazzi einer frühen Moderne, ihrer letzten architektonischen Nostalgie goldobskurer Vergangenheiten. Tags standen auf der verkehrsumspülten Insel stundenlange Menschenschlangen vor der kleinen *TKTS*-Baracke um verbilligte Karten an. Wie in einem Wellental verschwand man da unter Megahotels und den flirrenden Leuchtreklamen sowie dem seinerseits geduckten Holzkutter, der unter orangefarben aufgespanntem Segel zwischen den Großbaustellen unten und oben den Illuminationen durch Farbengischt stampfte. Einkaufstüten lockender blitzender Elektrokrempel Fotoapparate Computer. Fetter, massedichter Autoverkehr; Busse, die zentimeterweise voranrückten, sich schmal machen mußten und das immer, immer schafften. Etwas nördlicher blühten die Raubkopien: Videos Drehbücher Musikcassetten. Eines der schärfsten Urhebergesetze der Welt störte die Straßenhändler so wenig wie die Polizei, die allereck bereitstand.

Gelbe Heringsschwärme aus Taxis durchschwammen die Pulks der Touristen unter den Schütten des Kunstlichts. Hier hatten sich noch vor paar Jahren Stripschuppen neben Hunderte Tabledance-Bars gedrückt und die Hosentaschen sich vom Schlagring gebeult, derweil an den Briefchen die Schnappmesser rieben. Greis geworden das Schlechte Gewissen der Stadt, doch das Gesicht in den erstbesten Andrew Lloyd Webber geliftet. Im Supper Club feierten die Vierzigerjahre ihr neues, gutgekleidetes Anpaßlertum.

Diese Stadt will Spieler; wer Geld hat, den drückt sie herzlichst ans Herz. So twistet die Etikette mit Höheren Töchtern: Selbst der Schweiß ist hier rein. Und draußen, von hoch auf blauen Grund hinab, *Prudentials* weißer Werbefelsen. Nichts noch als der künstliche Sternenhagel schlug gegen ihn an, durch wiederum den eine Arche Noah sich kämpfte: plakateweit aufgewühlt See. Votive sind hier Riesenaffichen. Shoppen, um zu beichten. Die Moralität findet beim Kaufen zu sich. Längst ließ sich das als Legende greifen, verglühte und rann durch die Finger wie Rosenkränze bei *Tiffany's Swarovski*. Eine optische, bloß blitzende Substanz, der Domestizierung nicht mal mehr spottend. Es ravte das Abenteuer konsumiernder Verzückung, als gäbe es noch den Wildwuchs der Seelen und kreative Aggressionen seien nicht zur blanken Produktionsbedingung coupiert. Statt dessen überschwenglichste Hypomanie, jeder Verkäufer war Freund. Dagegen predigten an jeder dritten Ecke die Prediger den Fischen. Abmontiert aber der *Marlboro man*, keine Rauchkringel mehr aus Heizungsdampf entwehten den Wülsten von Lippen. Statt dessen funkelnd

THE LION'S KING
und schillerndes Gemenge aus
Bauzäunen Disneyläden
Werbeflächen
Menschen Das quoll hindurch und darüber
hin Separiert
amalgamierte lang
gezogene Körper Sahen wie
ungestalt
Larven
Kleidungsfetzen

RICHARD CHAMBERLAIN
aus
Touristen
Rucksäcke die sich
wie
durch FOSSE Wasser- durch Lichtfälle schlängelten, behängt mit Fotoapparaten, an Tausende Hände Videokameras geschnallt.

Inlineskater flitzten.

Endlos verschachtelte Kastenburgen, Verwischung der Plakate mit Architektur, was ist noch Fleisch? was bloßer Schein? Limousinen schwammen hochzeitsweiß mit, andere mafiagedeckt, manche topless. Deren Autochassis glänzten poliert. Kleine Südinder, in Konfirmationsanzüge gesteckt, saßen hinterm elfenbeinfarb'nen Volant. – Die Schwarzen trommelten immer erregter. Vermischung indes war nirgends zu sehen, die Kulturen blieben komplett unter sich, und wo sie wohnten, sowieso. Harlem China Town Spanish Harlem Little Italy Little Odessa an Brighton Bridge in Brooklyn. Und was ich in Queens finden sollte. Doch stand ich nur weiter am Times Square.

Unter der Glasüberdachung quollen aus dem Eingangsschlauch des Hotels Leute in Abendgarderobe. Aufgebrezelt wie Kinostars präsentierten die privilegierten Mütter ihre tennisweißen Töchter. *International Debutante Ball*. Es duftete nach gebrannten Mandeln, erhitzten Paranüssen und Popcorn. Die Autowasser sprudelten oder schoben sich von Norden südwärts parallel mit dem andren Fluten, des Hudsons, zum Atlantik und spülten aus Midtown hinaus Touristenköpfe mit, und Busse, und Laufballons, und Sandwichmen auf Stelzen. Eine Bullerbacken-Vettel mit borstigem Schnurrbart; sogar die Kiefern noch gebläht, ganz empört, als wäre Empörung das Wasser, worin sie durch Kiemen atmete. Überhaupt die Gesichter! Verstört oft, voller Blessuren, Spuren der Ehehölle Elternhölle Schulhölle. Als würden diese Menschen täglich verprügelt. Das mochte wohl so sein. Doch als ich mich zurückdrehte, ließ der riesenhafte Fernsehbildschirm *PanasoniCs* in eine Parallelwelt schauen, die vierzig Jahre zurücklag: Lamettahaar durchzog die 7th Ave horizontalen Fällen unentwegten Sturzregens gleich. Und über der feinen Gesellschaft lief das ewige *NYSE*-Band aus Achtelkursen Siebtelkursen am vorgeschobenen Hochhausdachsims. Das *Paramount* Building, in dem die *Chase Bank* residiert, schmückte die goldene Uhr im goldenen Eingang. Ganz oben auf dem sich spitzenden Dach der berühmte goldene Apfel vorm spätabendlichen Violettblau eines Himmels, über den flimmernde Lichtarme huschten.

Im rundbauchigen Pavillon der *Times Square Brewery* kehrte ich ein. Durch seine gläserne Nordwand ließ sich das Treiben weiterhin gut beobachten.

Für ein Bier verlangte man neun Mark. Na gut, ich konnte es ja strecken, wenngleich das den Yuppies sicher nicht paßte. Allerdings saß unter all den upper smart people, bloß drei Körperbreit von mir entfernt, eine verstörende Erscheinung. Das Gesicht voller Verschwemmungen. Besenreißer milchweißes Haar. Ein Sandler, der sich feingemacht hatte. Das Jackett konnte wohl schon die Fünfziger nur mühsam überleben. Die Jeans nicht verschlissen, sondern gepatchworked aus verschlissenen Jeans. Rissige Hände. Grüne Punkte, wie von ausgeleckter Tinte, übersäten sie. – Immer wieder nahm er ein flaches Martiniglas hoch und nippte. Wahrscheinlich hatte ihm wer paar Dollars spendiert. Aus der Jackettaußentasche lugten drei Eßstäbchen. Nicht nur ich sah ihn an, sondern er auch mich. Und plötzlich sagte er: »Sie sehn nicht aus wie ein Tourist.« Als wäre es eine Frage gewesen. »Doch wie ein New Yorker sehn Sie gleichfalls nicht aus.« – *Gleichfalls*!

Er rückte zögernd näher. Noch näher. Sehr nah. Ein Geruch nach Muff und schalem Essen stieg aus seinen Kleidern. Ich rutschte weg. Er lachte plötzlich leise, Übersprung, irgendwie traurig.

»Verzeihung«, sagte ich.

»Das ist nicht gut«, sagte er, »wenn Menschen an falschen Stellen sensibel sind. Wir brauchen unsere Empfindlichkeit für die G e h e i m nisse des Lebens.«

»Es gibt Geheimnisse?«

»Wenn man drauf achtet, dann überall.«

Seine verschatteten Augen. Er übersah meinen spöttischen Blick nicht.

»Sie sind«, sagte er, »lebensgewandt?«

»Finden Sie?«

»Was glauben Sie?« Er meinte wohl: *woran*.
»Ich glaube nicht. Ich erfinde Geschichten.«
»Darf ich Ihnen einen Martini spendieren?«
Jetzt ward es wundersam. Er spendierte *mir*.
»Sie mögen ihn mit Gin oder Wodka?«
Ich zuckte die Schultern.
»Seit 1962«, lächelte er, »soll man ihn schütteln. Trotzdem, ich mag ihn gerührt.«
Wenn er das Glas ansetzte, kippte er immer den ganzen Kopf: legte ihn in den Nacken und ließ das Getränk einfach fließen. So erzählte er von Gunnar Olsen, seinem Vater, der aus Schweden eingewandert war, 1924, kurz nach der Uraufführung von Löfgrens *Slåttegrille*. Fast war ich schon nicht mehr erstaunt. – Kaum in der Fremde angekommen, habe ein Unfall ihn den rechten Arm gekostet. Sich deshalb als Farmer niedergelassen. Arkansas. Für einen Musiker nicht leicht.
Erst da kam mein Martini. Schmunzelte die junge Frau hinterm Tresen?
Olsen: »Hören Sie dann Musik?«
»Bitte?«
»Musik. Wenn Sie Geschichten erfinden ...«
»Eigentlich nicht.«
»Ich höre überall Musik.«
»Wann werden die Geschichten wahr?« fragte ich.
Er: »Was gedacht werden kann, das geschieht.«
Ich: »Was für Musik hören Sie?«
»Manchmal singt ein Bordstein. Manchmal singt ein Kind. Manhattan ist tiefmusikalisch. Laut, ja – aber voller Musik.«
»So laut finde ich es gar nicht.«
»Das hören Sie nur noch nicht. Sie müssen einmal nachts, so um vier, wenn es wirklich still ist, ein Ohr auf einen Kanaldeckel legen.«

»Das tun Sie manchmal?«

»Nicht mehr. Ich bin zu alt. Habe ein böses Ziehen im Rücken. – Spielen Sie ein Instrument?«

»Nein.«

»Das ist schade. Sie kommen nicht aus einem musikalischen Haushalt?«

»Sie spielen natürlich ... Geige? Klavier?«

»Theoretisch alles. Praktisch na jà. Ich liebe die Bratsche.«

»Sie haben Musik studiert?«

»Mein Vater hat mir das meiste beigebracht. Jetzt leite ich ein Orchester.« Er lachte. »Ein schlechtes eigentlich. Aber wenn man bedenkt ...« Verstummte. Dann: »Sie halten Manhattan für flach, nicht wahr?«

»Bitte?«

»Für hoch, aber flach ...?«

»Ich verstehe nicht ...«

»Sie sind davon überzeugt, nur wegen dieses harten undurchdringlichen Felsens stünden die Riesenhäuser so fest ... Und das stimmt ja auch: in einem Venedig wärn sie längst versunken ... – Kennen Sie Venedig? Es ist immer ein Traum von mir gewesen, nach Venedig zu reisen.«

Er seufzte. Zog ein zum Programmheft gefalztes, auf braungrauem Papier hektografiertes Blatt heraus. Entfaltete es. »Hier«, sagte er, strich es glatt, »wenn Sie Zeit haben morgen ... Da geben wir unser Debut.«

»Ein Konzert?«

»Über ein Jahr habe ich mit diesen Menschen geprobt. Nun kommt es nur noch aufs Publikum an.« Er nahm meinen Ärmel, zog mich näher: »Tausende davon hat er verteilen lassen!«

»*Er*?«

Verschwörerisch: »Mr. Neill.«

»Ach so.«

»Sie *müssen* einfach kommen!« Ich betrachtete das Programmheft; es hatte etwas Improvisiertes:

THE PLUTO SYMPHONY
FOUNDED IN 1998 BY JENS OLSEN
IS A FLEXIBLE-SIZED ENSEMBLE
OF OUTSTANDING TUNNEL DWELLERS
DEVOTED TO
FRESH PERFORMANCES
OF INNOVATIVE PROGRAMMS.

April 16, 1999

MANTLER Preview & No Answer

MOZART Piano Concerto in C-major KV 503

PETTERSSON Violin Concerto No 2

Mikhail Yanovitsky
piano

Arturo Delmoni
violin

New Carnegie
Under Manhattan New York

SPECIAL GUEST!

»Carnegie Hall?« fragte ich.

Er schüttelte den Kopf: »New Carnegie«, zeigte zum Boden, »unter uns.«

»In der Kanalisation?« fragte ich ironisch. Daß in aufgelassenen UBahnschächten Obdachlose lebten, hatte sich auch in Europa herumgesprochen; Schulte behauptete sogar, jemand betreibe darin eine Kunstgalerie.

»Sie haben Zweifel«, sagte Olsen, »das seh ich Ihnen an der Nasenspitze an. Sie sollten vielleicht etwas offener sein.«

»O, ich bin redlich bemüht.«

»Wußten Sie, daß Ameisenbauten über fünfzehn Meter tief ins Erdreich langen? Dabei: Wie klein so ein Insekt ist! Was glauben Sie? Hundertmal kleiner als wir? Tausendmal kleiner?«

»Sie geben wirklich in den Kanälen ein Konzert?«

Wäre er nicht so bescheiden gewesen, er hätte gestrahlt: »Das läuft schon überall rum. Aber in den Kanälen natürlich nicht, schon wegen der Nässe. Eigentlich hatten wir vor ... ein *Condo* ... – Warn Sie schon am Bryant Park? Wenn die Leute wüßten, was *unter* ihnen ... Aber nun ist sowieso alles anders.« Plötzlich leuchteten seine Augen tatsächlich: »Jetzt weihen wir einen Konzertsaal ein.«

»Unter der Erde?«

»Er wird zwar noch nicht ganz fertig sein, darauf hat mich Mr. Neill schon vorbereitet ... aber Sie finden doch auch, daß ich die Aufführung auf keinen Fall verschieben darf?«

»Dazu kann ich nun nichts sagen.«

»Das hielten meine Freunde nicht aus. Sie würden die Hoffnung verlieren. – Ich weiß auch nicht, es war eine verrückte Idee.« Einen Moment lang wirkte er verunsichert, dann sagte er, indem er in Richtung meines Glases nickte: »Schmeckt Ihnen nicht, der Martini?«

»Doch, schon ...«

»Wer keinen Martini mag, wird New York City niemals verstehen.«

»Glauben Sie?«

»Das ist keine Frage des Glaubens. – Werden Sie also kommen?«

»Ich überleg es mir.«

»Das ist schön, das ist«, er reichte mir seine Hand, »sehr schön, *Mr.* ...?«

»Meissen.«

»Kommen Sie unbedingt. Je mehr Menschen da sind, umso glücklicher werden die Musiker sein.« Er bekam rote Ohren. Erregte sich noch weiter. »Ach, das ist schön«, rief er, »Sie kennenzulernen! Und nicht vergessen: morgen, halb acht, Grand Central Station. Da wo es zur Subway geht. Man wird Sie von dort aus abwärts führen.«

»Mit wem«, fragte die Bedienung, »unterhalten Sie sich?« Sie war, hatte ich bemerkt, dem Gespräch schon eine Weile gefolgt.

»Na, mit meinem Freund hier«, entgegnete ich.

»Ihrem Freund?«

Soeben zog Olsen seinen fadenscheinigen Mantel an. Er tat mir fast leid.

»Ja«, sagte ich, »mit Mr. Olsen.«

Es fiel ihr schwer, die zweite Braue nicht auch zu heben: »Mögen Sie den Martini noch?«

»Eigentlich schon, aber«, ich schob ihr, während Olsen, als wäre eines seiner Beine zu kurz, leicht wankend davonging, sein halbvolles Glas zu, »es wird mir zuviel. Ich bin den Alkohol nicht gewöhnt.«

»Den Eindruck hab ich auch.«

»Er sitzt oft hier.«

»Wer?«

»Olsen. – Kann ich ein Selters haben?«

»Was Sie mögen.«

Das Wasser goß sich perlend ins Glas.

»Erzähln Sie«, bat sie, »von ihm.«

»Von meinem Freund?«

»*Wie* heißt er? Olsen?«

»Er kommt hierher, um nachzudenken. Um eine andere Welt zu sehen. Er paßt hier gar nicht hin.«

»Das habe ich gemerkt«, erwiderte sie und lächelte jetzt. Das war ein bißchen berückend. Sie beugte sich vor, wisperte mit Augenzwinkern: »Man hat sich über ihn beschwert. Sehen Sie …? Dort hinten das Ehepaar.«

»Was ham die gesagt?«

»Ich weiß nicht … daß er stinkt.«

»Ich hau denen gleich auf die Nuß.«

»Das lohnt sich nicht.«

»Meinen Sie?«

»Was kapiern schon die Leute …?« Rückte das Wasserglas näher.

Ich: »Bringen Sie mir vielleicht doch noch was andres.«

Sie: »Sind Sie sicher?«

»Sehr sicher.«

Sie ging aber nicht.

Ich sagte: »Er ist ein Dirigent.«

»Ach ja?«

»Benutzt aber Eßstäbchen.«

»Eßstäbchen?«

»Zum Dirigieren, ja. Das hat er sogar mal in der Carnegie Hall getan.«

»So berühmt ist er schon?«

»Er *war* es. Dann hat man ihn verspottet.«

»Was ist passiert?«

»Er hat sich«, erklärte ich, »nicht anpassen wollen.«

»Das ist schlecht.«

»Und die Sache mit den Eßstäbchen …«

Die junge Frau nickte und fing an, die linke Seite ihrer Unterlippe zu kauen.

»Maestro Chopstick nennen sie ihn.«

»O weh.«

»Doch er ist zäh. Es wird wieder ein Konzert geben. Morgen.«

»Morgen?«

»Haben Sie Zeit?«

»Vielleicht.«

»Soll ich Sie abholen hier?«

»Oh, ich geh besser allein.«

Ich schob ihr das Programmheft rüber, sie ignorierte es.

»Schon als kleiner Junge«, erzählte ich, »ist er eigenwillig gewesen. Später, als sie ihn abwiesen … bei Juilliard, Sie wissen schon …«

Natürlich wußte sie nicht.

»… hat er draußen vor dem Gebäude geschlafen. Aus Protest. Er hatte auch kein Geld. Dann kam die Krankheit. Als man ihn wieder aus dem Spital ließ, war er ein anderer Mensch geworden. Erst lebte er nur auf der Straße. Umgab sich mit zweifelhaften Leuten. Richtete sich wieder auf seiner Bank vorm Lincoln Center ein. Man hieß, ihn zu entfernen. Er kam zurück. Und er schlief da nicht nur, nein, lebte da, studierte. Bücher und Partituren stapelten sich am Boden neben der Bank. Dann fing er zu dirigieren an. Stieg auf die Bank und dirigierte das Nichts.«

»Mit Eßstäbchen.«

»Ja.«

»Irre.«

»Es gab Artikel über ihn in der New York Times, in Time Out New York. Wenn die Schönen und Reichen zu den Gala-Abenden heranrauschten, sahen sie ihn dirigieren, bevor die eigentliche Aufführung losging. Das soll so faszinierend gewesen sein, daß viele hinterher zu spät in den Konzertsaal kamen. Sie hätten, sagten sie, eine Musik gehört …«

Die Bedienung seufzte. »Und dann hat Mr. Chopstick ein richtiges Orchester gekriegt?« Mit einem Mal hatte sie ganz rote Kinderwangen.

»Wenn ich dann endlich meinen Martini kriege …«

»O Verzeihung, Verzeihung!« Sie lächelte. »Und für Ihren Freund hier?«

»Er ist schon weg«, sagte ich.

»Ach«, seufzte sie, »das hab ich nicht gewußt.«

»Macht ja nichts.«

»Doch, macht was. Ich hätte ihm gerne die Hand gegeben.«

Ich flanierte wieder ein Stückchen zurück. Allerdings nahm ich eine Seitenstraße des im Sternenfeuer brodelnden Broadways, an Bretter- und Bauverschlägen der 43rd vorbei bis zur

6th Ave und dann nordwärts durch die Ströme der Händler Gaffer Taschendiebe. Mit den Martinis intus ging's sich beschwingter, da hatte Maestro Chopstick schon recht. – Die dicken Ärsche junger Frauen. Nicht zu fassen. Die Fettsucht hatte es bis zur Zellulitis von Kindern gebracht: GET FAT stand auf der Schaufensterscheibe des Deli's. Überm Chrysler-Building schimmerten die schuppigen Artdeco-Bögen seines elegant gespitzten Metalldachs. Ich war versucht, die Subway zu nehmen und hinab zur Brooklyn Bridge zu fahren, dem ausgespannten Gußeisentraum eines jeden seriös Suizidalen. Von dort aus ließ es sich, dem hölzernen Fußpfad gefolgt, weit über dem dahinströmenden East River und den sich ein bißchen stauenden Automobilen, aufs Stadtgeglitze am allerbesten zurückschaun. Aus den Bohlen lugten hie und da lange silberne Schrauben, gegen vier in der Früh fanden sich gern Souvenirschrauber mit Schraubendrehern ein. Mir kam ein Wolf in den Sinn, ein Indianer, der, die vierzig Zentimeter dicken Stahltrossen hochgeklettert, auf einem der beiden Backsteinpfeiler den Mond besang. Machte kehrt, schritt downtown Manhattan zurück.

Der Finanzdistrikt, links glänzten die reinlich brutalen Riesenfenster der White Hall als eckige Sterne dahin. Hier verlief der Palisadenzaun einst, der Wall Street den Namen gegeben und damals auf der Inselspitze die Kolonisten schützte vor dem wilden Land. – Links unten das Restchen Hafen renoviert. Der Fulton Fish Market, von dem's nach Schlick herüberroch, indes belebt. Wie eigentümlich! Ich hatte nicht einen Moment lang das Gefühl, in einer Hafenstadt zu sein, und … – Moment eben.

Ich blieb, auch erzählerisch, stehen und ergänzte noch schnell mein Gespräch mit Maestro Chopstick um den folgenden Einschub:

»… von den natürlichen Höhlen und Stollen, die den Granit durchziehen, will ich gar nicht reden.« Er wischte sich die Nase mit dem Jackettärmel und schnaufte emphatisch: »Haben Sie eine Ahnung, wie nah an manchem Subwaygang Höhlen und Grüfte sind, in denen sich tägliche Wunder begeben? Und nicht nur«, er sprach sich in Begeisterung, »ist der alte Siedlerzaun wieder ausgegraben worden, sondern unter der Front Street wurde sogar ein neunzig Fuß langes Handelsschiff gefunden. Können Sie sich das vorstellen?! Aus dem 18. Jahrhundert, siebzehnhundertsoundso! Da ist das da alles noch Wasser gewesen. Den Bug können Sie heute im Museum betrachten. Nur das Heck wird wohl in dieser Schlangengrube aus Kabeln und Gasleitungen für alle Zeit begraben bleiben. Es gibt da sogar Latrinen noch, aus den Befreiungskriegen … Ah, mein Freund, die Geschichte ist ein Holzwurm! Wer ohne Vergangenheit ist, dem zersetzt er die Wurzeln. Schon ist man ohne Fundament. – Aber irgendwo«, rief er fast verzweifelt aus, »muß doch die Seele ihr Wasser ziehen!« Ah, wie er auflachen mußte! Etwas überdrehtes Häßliches lief ihm durch das Gesicht – und zwar so erschreckend,

daß ich wieder zu mir kam, aus meinen Gedanken in die Realität: wie jenseits der luftigen Manhattan Bridge rechts, die sich blau und an blauen Trageseilen zu Brooklyns Ufer hinüberschwang, kackbraunsozialer Wohnungsbau Straßen um Straßen besetzte, jetzt freilich wohltuend schwarz in der Nacht: ein vertikaler Sternenhimmel.

Schräg davor nach hinten versetzt: mit der City Hall das Behördenviertel leuchtend hinein in die Chinesen geschnitten. China Town längst ein halb durch New York geranktes, immer weiter rankendes Asien. Die Mutterzelle aber hier, nach wie vor 6th Ave Midtown in Höhe des Times Squares, auf meinem Weg zu *Legz Diamond's*, wo ich Talisker zu treffen gedachte. Da stand ich, die Lider geschlossen, schritt schon downtown voran, East ›Chinese‹ Broadway, an dem das *neue* Chinatown backt. Touristen mieden die Gegend. Hier wurde nur noch Chinesisch gesprochen. Verständnislos staunende Mandelaugen, als ich auf Englisch nach Batterien fragte.

Es war ganz schwarz vor Nacht.

Kaum in die Clinton Street gebogen und in Richtung der mit Mietshäusern vollgeklotzten Lower East Side weitergegangen: plötzlich, in Ferne, Kuppeln, ja Minarette. Die Tempel einer phantastischen Stadt. Es gab sie aber nicht. Sie lebte bloß als Fata Morgana in der Gestalt der Urbanität. – In elegantestem Weiß das Chrysler Building, lockend gelb die halbe Nadel hinauf das Empire State, die untren vier Fünftel schwimmbadblau, gelb auch die Säulenhalle des *ATT*-Turmes innen, das Dach in verschwimmendem Blauweißtürkis vorm schwarzen Samt des Himmels.

Den brutalen Komplexen hinter Canal und Delancey Street tat die milde Dunkelheit gut. Abends auf Haufen geschmissene Tüten, Abfall gestapelt. Jede Straßenecke Deponie. Platten verschnürte Bleche Pappkartons. Verrottete Kühlschränke, in denen Kinder lebten. Mülltrucks durchrumpelten die Bowery. Hier wühlten die Armen aller Nationen, Junkies und verkrüppelte, ausgestoßene Kranke. Von denen sich die Wölfe ernähren, weil niemand ihr Verschwinden bemerkt, und sie das *NYPD* sowieso nicht suchen würde.

Nicht leicht zu überqueren, die riesige, hochfrequentierte Zubringerstraße zur gigantischgrotesken Williamsburg Bridge.

Lichterraupen weiß rot. Caterpillars Blaulicht. Schräges stroboskophaftes Warngelb.

Hinter Rivington Street bekam die Gegend etwas in sich Gedrehtes. Die leicht verkommenen Brownstones hatten ihre Bewohner embryonal an sich gekrümmt. Auf Feuerleitern glimmender Rost. Kneipen in die Souterrains geduckt. Schlagende Bässe, die, trauerndem Pulsen gleich, über dem Trottoir vibrierten. Auf der Treppe hockte ein Sandler, das Bier in der entkräfteten Hand. Der Einkaufswagen voll aufgetürmter spirriger Habe. Die über das flache Gebäude schauenden Mietshauskomplexe dahinter Wehrburgen gleichend.

Ein kleiner Garten voll Trödel. Von Ferne klingelte Glokkenjazz –

»He, *müssen* Sie hier so mitten im Weg stehen?!«
Auf der 6th Ave wieder.
Instinktiv zwei Schritt zur Seite, aber weitergesonnen.
Was um alles in der Welt fotografierte der mich?! –
Rissiger Einschuß von Licht und Lärm.

– … eben nicht aus der Ferne, sondern aus einem parkenden Auto, darin ein umschlungenes Pärchen … *halb* umschlungen, so gut es Gangschaltung und Steuerrad zulassen wollten. – Über East Houston Street in Alphabet City, die Avenue A voller Kneipen Bars Restaurants. Nachtleben Discos. Antiquitätenläden Krimskrams. CD-Shops in den streng rechtwinkligen Seitenstraßen. Schnelles Dealen an den Ecken. Westlich von hier, im East Village, vergnügten die Studenten sich, südwestlich darunter das schick renovierte Soho, Understatement luxuriös. Lofts in privatisierten Lagerhäusern. Aufgepflegte Gußeisenarchitektur vor weiten, matten, tagsüber lichtgefluteten Fensterflächen. Schien die Sonne, so tagträumten reiche Mädchen auf den Stufen, die zu den

Häusertüren führten. Feuertreppen. Inlineskater wieder, auch hier. Die berühmten Kunstgalerien der Sechziger waren längst von einer High Society vertrieben, die in *Merciers Kitchen* vor offener Küche speist und ohne Wimpernzukken für drei Gänge einhundert Dollar berappt. Den Köchen wird dabei kaum auf die Finger geschaut, die Küche ist lediglich Teil des Designs. Sie tut so, die allgemeine Transparenz, als gäbe es gar kein Geheimnis. Sie meint Überwachung: Es s o l l kein Geheimnis mehr geben. Man löst es in graphische Anordnung auf. Säkularisierung durch Blicke. Die Religionen haben es immer gewußt.

Oberhalb Sohos *New York University*. Die sachlich nüchternen Gebäude um den baumbestandenen, belebten Washington Square. Trompetenbäume, Ahorne, Pappeln. Hangman's Ulme, über dreihundert Jahre alt. Mittags mischen sich zwischen Triumphbogen und Garibaldi Studenten, Angestellte, Frauchen mit Hund. Butterstullen, Bröseltüten. Taubenschwärme Bücher. Von hier reicht erlesen die 5th Ave nordwärts, hier hebt das strenge Stadtraster an und hält zwölf Kilometer, über Midtown und Central Park hinaus, bis an den schmalen Harlem River.

CALL OUR SUPERPHONE! Die rotgepunktete Leuchtschrift lief über ein schwarzes Paneel und scheute sich nicht, »Hitech Hebrew« zu bewerben. Rundherum Brownstones, gepflasterte blumenkastengeschmückte Vorgärtchen. Ein Tulpenbeet. Säulenportale als Karyatiden. Stockwerkweit drüber Metallfeuerleitern. – Dann die indische Meile. Special Dinner's Folklore. Es jammerten näselnd Sarangis. Grob hineingeknallt ein Hochhauskomplex. Das Miniatur-Antiquariat, aus dem es nach Antiquariat auch herausroch, von sehr altem Backstein. Tattooläden Piercingstudios. Geländer Säulchen Türen: blau schwarz bordeaux. Fingerdicker englischer Lack. Sushiya an Sushiya. Aus dem Triangel-Dreieck einer Kirche wehte durch bemalte Gußeisengitter – Blumenzierrat mit vergoldeten Rankenspitzen – Hyazinthengeruch.

Ich bog in die Rue Lafayette.

Sie heißt natürlich nicht ›Rue‹, doch derart *parisienne* ihre Zwanzigerjahrefassaden! Die neogotischen Burgenzinnen fast betend hoch in den Himmel gereckt: eine den Flaneuren raumgewordene Feier. – Friseurgeschäfte Modeläden, Ausstattung für Horrorfetischisten, durchaus ein bißchen Berlin, Kneipen Internetcafés Shakespeare & Co. Oben in den Gebäuden und hinter den Höfen Büros. Die altertümlichen Kontore lassen sich nur über kilometerlange Gangfluchten finden. Die Redaktionen des Zeitgeists, all der *Blue Magazine*s und *Village Voice*s, verwunschen verborgen: Bleiche Herren in schwarzen Kutten erwartet man dort, nicht diesen Schick. – An Astor Place stieß BARNES & NOBLE des Geldes Demokratie in die Kunst.

Unweit davon stieg ich zur Subway hinab, erstand bei dem in seinem Glaskäfig festgewachsenen *MTA*ler einen Token, warf ihn vor der Drehschranke in den Münzschlitz und ließ mich mit dem 6 Train bis unter die Grand Central fahren, den Hauptbahnhof New Yorks.

Ein Aufklärungscomic im Waggon, junge Schwarze vögelte gerne, davon kriegte sie Aids. Die Moral von der Geschichte, auf das hübscheste gereimt:

»The Lesson here is very clear: You don't have sex, you don't have fear.« Man konnte nur den Kopf schütteln.

Erst in unübersichtliche Gänge geschleust, deren grobe Wände voller Kabel, stieg ich in den Shuttle zum Times Square um. Aus fahlem Dunkel trat ich in funkelndes Dunkel. Massen Hupen Verkehrswulst erneut. Ich schritt um zwei Ecken … und da sah ich mich denn: wie ich immer noch dastand und sann. Ich stupste mich an und trat ein. Hörte aus dem Off das Lachen Maestro Chopsticks und spürte seine Hand in der meinen:

»Es freut mich zutiefst, Sie kennenzulernen!«

Erst gegen zehn kam ich an, für Talisker eine halbe Stunde zu spät. Ich war durch den Innenspaziergang auf eine seditative Weise geklärt. Es hatte zu nieseln begonnen. Das hatte ich nicht gleich gemerkt. Dabei schützten die schwankenden Dächerchen der Schirme mich nicht; vielmehr waren die Spitzen ihrer Rippen beinah gefährlich. Jedenfalls bedrohten sie einen und wurden durchaus bewußt so eingesetzt. Schon deshalb mußte ich weiterkommen. Zudem hatte es aufgefrischt.

Elf Straßen noch, dann wär ich da. Zog im Gehen meine Börse heraus und entnahm ihr ein paar Dollarscheine. Die steckte ich gefalzt in die Hemdbrusttasche. Es konnte nie schaden, sich vorzubereiten.

Noch lag der Times Square keine Meile hinter mir, gähnte mir ein braches, geleertes Terrain entgegen. Auf die Sohle der dösenden Häuserklammen tropfte die Nacht. Nur Taxen fuhren geschmeidig mal durch, deren Reifen eine Art Sirren erzeugten. Selten warnten, vage in Pfützen widergespiegelt, breitflächig blaschende Signallichter, auf die Dächer der Streifenwagen montiert. Ich hatte das Gefühl, die Kulisse eines geschlossenen Studios zu durchschreiten. Trat deshalb besonders vorsichtig auf. Vielleicht bemerkte man mich nicht.

Das Straßenstückchen der 54th ganz besonders dunkel. Es wirkte aber nicht anrüchig, einfach nur tot. Auch hier, selbst wenn ich den Kopf in den Nacken legte, war in keinem Fenster, all die Hänge hinauf, ein Licht zu erkennen. Es glomm bloß ein einsam schimmernder Baldachin unten.

Türsteher Schirmkappe Livree. Als stünde sie Schmiere, »die Tür«. Wahrhaftig ein Gorilla mit hochgeschlagenem Uniformkragen. Er trat von einem Fuß auf den anderen. Sah mich. Wurde straff. Ich spürte den Argwohn seiner Blicke auf mir, doch wurde in den schmalen Eingangsschlauch gewunken, der Tür eines Fahrstuhls fast entgegengeschubst. Vermittels Handy gab der Mensch Bescheid. – Die Lifttür schob sich auf. Höchstens drei Leute hatten dahinter Platz. Ein Bilderbuchengländer wollte noch rein. Weiß nicht, woher der kam. Auch der Türsteher wirkte erstaunt. Der Engländer zeigte seine Zähne. »Waren Sie schon mal hier?« wieherte er. Und, seinen Schweif zwischen die Beine gezogen: »Der Eintritt ist wirklich umsonst?« Er fragte mich, nicht den Livrierten.

Ich hatte keine Ahnung. Auf dem Handzettel hatte was gestanden. Der aber war ja bei Talisker. Und was hatte Martha Hari gesagt? – »Wie kommen Sie darauf?« fragte ich. Er hatte schon den Fuß im Lift. »Die kassiern fünfzig Dollars.«

»O! So viel?!«

»Nur fürs Gedeck.«

»Du meine Güte!« rief er aus, und bevor der Fahrstuhl sich schließen konnte, hüpfte der britische Stiel mit verschrecktem Schrubberhaar weg. Der Türsteher betippte grüßend die Mütze. Dann war die Lifttür zu.

Es gab kein Paneel, auf dem man hätte Knöpfe drücken können. Nur schimmerte rechteckig die leere zerkratzte Blechblende eines Steckschlosses. Aber nach einem knappen Ruck fuhr der Aufzug los. Er wurde vom Etablissement

aus gesteuert. In der linken oberen Ecke die Linse eines Überwachungsauges. *HAL9000*, mußte ich denken. Vielleicht tatsächlich befähigt, von den Lippen zu lesen, oder sogar die Gedanken.

Die Tür schob sich auf.

Ein Flürchen, gleich rechts eine Art Schalter im schwarzgestrichenen Verschlag, vor dem wiederum eine kniehohe Schranke den Durchgang verwehrte. Links oberhalb des Schalters ein Schild:

> Prostitution in New York ist verboten.
>
> Wir weisen die verehrte Kundschaft darauf hin,
> daß unsere Models nicht zu Diensten bereit stehen,
> die über die Tanzdarbietung hinausgehn.
>
> Leg. § 230

Mit Schildern hatten es die Amerikaner; bei Preußens schon unter Steuben in die Schule gegangen.

EMPLOYEES MUST WASH HANDS BEFORE RETURNING TO WORK.

Das farbenfroh geschminkte Gesicht einer jungen hübschen Frau wurde sichtbar.

»Guten Abend«, sagte ich.

»Zehn Dollars«, sagte sie, »Cover Charge«.

Wirklich nicht teuer. Allerdings brauchte man später endlos viele Einernoten. Nämlich wurden die Modelle, sozusagen, gefüttert. Wie handzahme Tiere. Eine aß wirklich einen Geldschein vor den Augen ihrer Zuschauer auf. Sofort warfen die nach. Sie hatte vielleicht einen Kropf. Darin blieb die Penunze bis Showschluß verstaut.

Rechts hinter der Schranke der langgestreckte Saal. Über die vordere Breitwand verlief eine Art Laufsteg, dessen Mitte sich hin zur kleinen Bühne ausbuchtete. Aus dieser und je aus dem vorderen und hinteren Drittel des Stegs wuchsen chrompolierte Stangen, um welche junge, ausgesucht schöne Frauen schwangen und die sie, war die Stimmung angeheizt, auch hinaufkletterten. Meist machten sie nur Gymnastik an ihnen und räkelten am, sozusagen, Kapitell. Gefiel es den Betrachtern, legten sie Dollaropfer vor die Frauen. Häretiker schoben sie schon mal unters Strumpfband, dem einzigen oft, was die Göttinnen trugen außer Pumps oder Schweinslederstiefeln, deren Schaft wie Handschuhe weich. An sehr besuchten Abenden hätten gut sieben Modelle Platz gefunden: drei an den Stangen, dazwischen weitre je zwei. Nicht schwer, sich Klatschen und Johlen vorzustellen. In Stimmung be*warf* man diese Schönheiten auch, die in den Eindollernoten dann duschten.

So voll war es heute abend nicht. Eine ruhige, fast besinnliche Atmosphäre; kaum daß Zigarettenrauch im Raum hing. Mit einem einzigen Blick sah ich: Talisker ist nicht da. Vielleicht war er wieder gegangen. Vielleicht kam er erst. – Ich nahm einen Stuhl seitlich des Podiums, auf dem sich ein *Gal* am Boden rieb. Die blonde schlanke Frau flirtete mit ihren fünf Bewunderern, ließ sich sogar berühren, streckte einen Fuß über die Bühne, hieß ihn küssen, mich begrüßte sie mit Augenaufschlag. Ich setzte mich, das Gesicht Richtung Eingang. Jemand stiefelte halbgeschürzt bei, nahm meine Bestellung auf, brachte die Cola, kassierte. »Du *tip*st mich nicht?« fragte sie. Ich antwortete: »Nachher, nicht bei jedem Getränk.« Das war ihr nicht recht, sie flunschte davon.

Die Tänzerin hatte mehr Glück. Die bereits gesammelten Dollars zu Packen geschwollen unter dem Band, und noch lagen Scheine lose herum. Ich legte einen dazu. Warf geradeaus einen Blick zum Türbogen. Es schien dort zu Nebengelassen zu gehen. Auf dem Handzettel, entsann ich mich, hatte etwas von einer *WATERFALL LOUNGE* gestanden.

»Ich bin Lissy.«

Eine zierliche brünette Frau in engem Kleidchen hatte sich unvermerkt zu mir gesetzt. Ich antwortete nicht. Sie trug Schnallensandalen. Meine stummen Blicke schienen sie unruhig zu machen.

»Gibst mir was aus?«

Ich schwieg weiter, sie drückte mir sachte ihre linke Hand auf die Brust. Hatte einen Ehering am Finger. Als ich drauf sah, sagte sie: »Oh tut mir leid, er geht nicht ab.«

Mit ihrer aufgeworfenen Nase hätte sie fürs Gibson-Girl Modell stehen können: Idealbild der *US*-amerikanischen Frau (›she is an elegant, well-to-do socialite and a poor, put-upon working girl‹). Ihr rechter Unterarm legte sich um meinen Nacken, ihre Lippen berührten meinen linken Mundwinkel. Sie schnupperte. »Du riechst gut, wir haben nicht oft solche Gäste. Laß mich dich küssen.« Sie küßte mich. »Gibst mir paar Dollars?«

THE GIBSON GIRL

Hinter uns flanierte eine hochgewachsene Blondine im Abendkleid, warf schnelle, irgendwie dräuende Blicke. Ich hatte das Gefühl, alle Welt fokussiere sich auf mich. Es wurde unangenehm.

Lissy bemerkte meinen Blick. »Mach dir nichts draus«, sagte sie, »auch zu mir ist Joanne arrogant.«

»Sie ist unendlich schön.«

»Schau m i c h an!«

In diesem Moment trat Martha in den Showroom, die Schwarze von dem Gap-Khakis-Plakat. Ich hatte mich nicht einmal umdrehen müssen, um ihre Gegenwart zu spüren. Ich sah auch tatsächlich nicht hin. Wartete. Aber Lissy wurde nervös. Ließ von mir ab, erhob sich sogar. »Sie kommt«, sagte sie, »Martha kommt.«

Da stand Martha Hari schon bei uns. Und scheuchte Lissy mit einem Blick fort. Setzte sich aber nicht etwa, sondern sah auf mich herunter. Nicht einmal nachzudenken schien sie, einfach nur zu schauen. Sie trug ein Kostüm, darunter einen hellen Seidenrolli und elegante, verspielte Pumps. Ihren Beinen war anzusehen, daß auch sie professionell getanzt hatte. Oder immer noch tanzte. Ich war nicht erstaunt, sie zu sehen, hatte mit ihr sogar fest gerechnet. Denn war nicht sie es gewesen, die mir den Handzettel zustecken ließ? Oder mir selbst zugesteckt hatte? Ich wußte es nicht mehr genau.

Dann sprach sie. Aber ich verstand nicht, was. Sie drehte sich um und schritt langsam wieder davon. Ich erhob mich, um ihr zu folgen. Mein Blick begegnete Lissys. Die schlug die Lider nieder.

Tatsächlich waren dem Showroom Séparées angegliedert. Von irgendwoher plätscherte es. Der Wasserfall, ganz sicher. Ich ließ mich zu einer lederbezogenen Tür führen. Goldfarbenes Schild: *Manager*. Der Rahmen schnaufte, als Martha das Büro öffnete. Wuchtiger Schreibtisch, Computer drauf, silberne Golf-Trophäen. Rechts davon eine Sitzgruppe. Mit einer Kopfbewegung zeigte die Frau auf einen gleich neben der Tür abgestellten Aktenkoffer. Ich erkannte ihn sofort. Von dem hatte Talisker geträumt. »Ist das Ihrer?« fragte sie, hob den Koffer und reichte ihn mir.

Ich nahm ihn, gab zur Antwort: »Eigentlich nicht.«

»Und das Monogramm?«

»Monogramm?«

Sie legte ihren langen Kunstnagel, den des rechten Zeigefingers, links neben den Ledergriff: »Da. *GM*.«

Ich erschrak. Wieso war ich nicht selbst darauf gekommen?

»Woher wissen Sie …?!« wollte ich fragen, aber ich fand keine Sprache.

Der Koffer war nicht schwer. Drinnen rutschte etwas hin und her, das nach Schlüsseln klang. Ich stellte ihn auf den flachen Tisch der Sitzgruppe.

»Es wäre mir sehr lieb«, sagte Martha, »wenn Sie unsere Show nicht mehr besuchten.«

Ich räusperte mich. Und noch mal. Dann: »Sie werfen … werfen mich raus?«

»Ich habe Ihretwegen schon einen Freund verloren …«

»Sie haben *was*?«

»Man hat ihn in Ihrer Gegenwart erschossen.«

»Sie spielen auf Penn Plaza an?« – Langsam faßte ich mich wieder. »Aber damit habe doch ich nichts zu tun!«

»Es war Ihre Idee!«

»Moment mal …«

»… und ich kann es mir nicht leisten, diesen Ort zum Schauplatz phantastischer Intrigen zu machen.«

»*Intrigen*?«

»Seien Sie dankbar, daß ich den Koffer entdeckt habe. Hätte ihn Ihre Erfindung in die Hände bekommen …«

»Ich verstehe überhaupt nicht …« Ich hatte den beklemmenden Eindruck, sie wisse mehr von mir als ich selbst.

»Mister«, sagte sie, »Sie verstehen sehr gut. Und nun bitte gehn Sie.«

Mit beiden Händen griff ich je an die Schließen.

Sie: »Nicht hier!«

Irritiert ließ ich ab. »Sagen Sie mir wenigstens«, bat ich, »von wem Sie ihn haben.«

Sie sah mich forschend an, machte ein paar Kaubewegungen dabei. Dann sagte sie: »Leider bin ich manchmal zu menschlich und hole mir Gegnerinnen ins Haus.« Es sah aus, als schaute sie wieder von dem Plakat herunter. Oder sah über Dächer. »Worauf warten Sie noch?!«

Sie dachte nicht daran, mir die Hand zu reichen.

Verwirrt stand ich da. – »Das sind doch Sie auf dem

Plakat?« fragte ich leise und ohne eigentlich eine Antwort zu erwarten. Da mußte sie lachen. Verzweifelt, so klang es mir. »Das Foto, von dem Sie sprechen, ist vierzig Jahre alt.«

Das hatte sie mir doch schon einmal erzählt!

»Aber es zeigt Sie!« rief ich fast, hilflos, aus.

Einen Moment lang trafen mich enorm stumme Blicke. Dann herrschte sie mich an: »Verschwinden Sie schon!« – Sie nahm auf einem der Sessel Platz und wartete. Die Gedanken hinter ihrer kantigen Stirn trauerten zu den freundlichen Wangen Momodou Dembangs zurück.

Vor der Ledertür wartete Lissy. Hatte sie gelauscht? Sie wirkte ziemlich eingeschüchtert.

»Haben Sie Angst, Lady?« fragte ich.

Sie: »Warum sagst du ›Lady‹?«

Ich: »Hast du Angst?«

»Man weiß nicht, wer sie ist. Niemand weiß es. Aber ohne sie wären wir schon alle am Ende. Sie gibt uns Arbeit, Essen, mir hat sie sogar eine Bleibe gesucht.«

»Mich mag sie jedenfalls nicht.«

Lissy drückte meine Hand. »Übrigens«, sagte sie, »interessiert es sie nie, was wir sonst noch treiben.«

Das war deutlich, aber ich hatte momentan keine Lust. Wir bogen um die Flurecke. Lifttür Schalter Drehkreuz Showroom. – Talisker.

Ich spontan einen Schritt nach hinten.

Natürlich wäre es jetzt die Gelegenheit gewesen. Wie hätte er gestaunt, hätte er den Koffer gesehen! Doch nun interessierte mich selbst, was er enthielt. Deshalb entschloß ich mich um.

»Habt ihr einen Notausgang?«

»Die Stiege … Wieso?«

Ich drückte ihr meinen Rest Eindollarnoten in die Hand.

»Du bist süß«, sagte sie. Zauderte, schaute ebenfalls zu Talisker rüber; ihre Hand in der meinen wurde momentlang feucht. Sie gab sich einen Ruck: »Gut, es sind ja nur drei Stockwerke.« Sie schob mich hin und dann hinaus. Als sie mich küßte, stellte sie sich auf die Zehenspitzen.

Es waren von LEGZ DIAMOND'S zu ALADDIN'S **zehn Straßen zu gehen.** Nämlich ließen mich die engen unbeleuchteten Stufen nicht auf die 54th, sondern 55th St hinaus. Und das nicht sofort. Vielmehr endeten sie in einem weiten Entree, das mir, als ich im anflackernden Neonlicht stand, auf mulmige Weise bekannt war.

Ein Sirren schwirrte durch schmale, aber meterlange Streifen Lichts. Dazu dieser Geruch von erwärmtem Plastik und Metall! Es war fast wie … *früher*? – Schauderhaft! Und was waren *das* für Lifts? Voll Mißtrauen stand ich vor den fünf milchverglasten alten Wiener Holztüren, über denen gelbgrüne Stationslichter glommen. Auf den Rahmen klebte schmutzige Hitze. Überaus langsam, gleichsam in Tropfen, fiel Kühlung hinein. Neben den Schächten Pfützen, die sich aus dem Luftstrom der Klimaanlagen kondensierten. Trotzdem stand eine teigige Schwüle bis unter die Decke. Nur wenn jemand die Tür öffnete, was ich jetzt, sozusagen fliehend, tat, schickte es einen Schwall Frische herein. Dann wurde die feuchte Hitze locker und samtig.

Draußen indes immer noch der kalte, sich am Schachtgrund umstehender Hochhauswände versprühende Nieselregen. Auch der atriumartige, heruntergekommene Hof, auf den ich hinaustrat, war mir nicht gänzlich unbekannt. Er schien in eine Brache hineingepflastert worden zu sein; auch hier hatte mal ein Haus gestanden. Vielleicht war es abgebrannt oder abgebrannt worden, dem Schicksal zahlloser Brownstones gleich, deren Eigentümer die Kosten ihrer Liegenschaft nicht mehr aufbringen konnten.

Wie schwer hing der Koffer an meinem Arm! Rechts die Reihe geputzt silberstrahlender blecherner Mülleimer und links, gleichsam ängstlich ans Hausgefälle gepreßt, Gartenstühle zwischen Pflanzenkübeln und Plastikzwergen. Schwindelnd hoch droben faßten die Dächer beinah zusammen, nur ein Fleckchen Graus war vom Himmel zu sehen. Und aus diesem herab wehte der dünne Sprühregen wie als Flocken sinkender Altweibersommer. Aus dem Hof führte bloß eine eigenartig verwahrloste Holztür, die durch einen Bauzaun … nein, eben nicht auf die 55th St, sondern die Calle dels Escudellers führte. Nun war ich wirklich im falschen Buch. Und tatsächlich – gleich an der Pforte – grob aufs Holz geleimt:

> **Boudoir**
> EVERY EVENING ON THE BIG STAGE
> HOURLY SHOW
> 7 PM – 9 PM – 11 PM – 1 AM – 3 AM
>
> **Rione Manhattan**
> 231 West 54 St
> Just west of broadway
>
> **GUEST STAR**
> MARTHA HARI
>
> Parking lots 50

Also umkehren und, übern Hof zurück, wieder ins Schattenwasser hinein. Geradeaus zum Haupteingang durfte ich auf keinen Fall; es hätte zwar meiner alten Heimatstadt geschmeichelt, angedockt an New York City zu sein, aber ich wollte nichts riskieren. Tatsächlich führte eine Kammer rechts in einen jener nüchtern engen Gänge, die man sowohl in Kranken- wie Funkhäusern findet. Putzzeug, Eimer, riesige Poliermaschinen für Marmorböden, aber auch Stative, eine Vielzahl schräggekippter Scheinwerfer mit Blenden und Armeen kniehoher Kabeltrommeln standen herum. Links und rechts, in Abständen, gab es mattbraune Glasscheiben, durch die ich nicht hindurchschauen konnte, doch ich war

Anzeige

Nun war ich wirklich im falschen Buch. Das ist recht dumm. In THETIS ANDERSWELT, dem »richtigen« nämlich, heißt es so:

Weiter mit entschiedener Grandezza. Die ließ Deters tatsächlich vor einem nächsten Plakat stehen.

Er öffnete die vollgeklebte, kaum noch quietschende Tür, derart lose war sie. Hatte sich die Welt auch dahinter verändert? Doch beruhigt schritt er in den schäbigen Hof, an den Blecheimern und Gartenmöbeln vorbei, den Plastikzwergen und Kübeln. Drinnen, er durfte ausatmen, die fünf Lifts. Es reizte ihn, aus dem Vordereingang zu schauen. Nur zu schauen, auf keinen Fall hinauszutreten, schon damit die Milchglastür nicht hinter ihm zufiel. Ach es war beruhigend, auf die Wilhelm-Leuschner-Straße zu gucken und geradewegs ins Kaiserstraßenviertel hinein! Da drüben war er langgelaufen, um sich vorm Regen ins Kino zu flüchten. Machte kehrt. Anstatt nun vor den fünf Fahrstühlen stehenzubleiben, entschied er sich, das Treppenhaus hinaufzusteigen. Und tatsächlich:

»Jede Pfütze Ozean …« heißt es im Vorspiel zu diesem Buch. Und tatsächlich verwandelt ein Spaziergang die Stadt Hans Erich Deters' in eine Komposition aller anderen Städte. Durch die Fugen der Hauswände und aufgeplatzten Trottoirs geht es direkt in jenes fantastische Land, von dem es heißt: dort richte sich die Zeit nicht mehr nach unserer Erfahrung. Denn Augenblicke seien Jahre, was aber lang anmute, sei im Fluge vorbei. Die Anderswelt ist das Land der Lebenden und der Toten und zugleich das aller Geschöpfe der Fantasie: Die Räume schweben. – Noch zwar glaubt Deters, sich flanierend so etwas nur auszudenken, da wird er in der U-Bahn von einer eigenwilligen Frau aufgefordert, sie in einem Café »Samhain« zu erwarten, das sich unschwer als das Berliner »Silberstein« erkennen lässt. Dort nun sitzt er und erdichtet die Geschichte seiner computierten Anderswelt-Stadt … und merkt nicht, wie sich das »Silberstein« nach und nach mit deren Figuren füllt, ja wie er selbst zur Marionette seiner Fiktionen und unversehens in die eigene Erfindung hineingestoßen wird.

Alban Nikolai Herbst
»Thetis. Anderswelt«
Phantastischer Roman

2. überarbeitete Auflage 2018
gebunden, 895 Seiten

ISBN 978-3-941184-22-0
www.elfenbein-verlag.de

überzeugt, dahinter sind die Tonateliers. So ging es über Hunderte von Metern. Eine Brandschutztür verschloß das Ende des Gangs. Ich legte eine Hand auf die Klinke, drückte sie. Zog. Mußte zerren, bis sie sich endlich drehte: als hielte die Tür ein Vakuum fest. Ich kriegte sie auch nur grad so weit auf, daß ich durchschlüpfen konnte. Schon knallte sie mit einem Krachen, das hätte Schaufensterscheiben zerspringen lassen, hinter mir zu. Ich stand im Foyer eines anderen Hauses. Rechts eine *revolving door* … hindurchgedreht und ins Freie. Immer noch fiel Regen, nun aber dicht und real. Unweit eilten, die Köpfe gesenkt, paar Nachtschwärmer heim. Andere flatterten noch, unter sattrot glimmenden Plastikmarkisen, um die Delis, Kreuzungen aus Imbiß und Sparmarkt. Es war nach zwölf. Ich erstand ein Bier. Die Straßen zum *Aladdin's* entlangschreitend, drückte ich die Packpapiertüte an mich, in die der Verkäufer die Dose hineingetan hatte.

Am Hotel lag neben den Stufen, zwischen Wand und Stromkasten, ein Mann auf seinem Bauch. Schlief vielleicht. War vielleicht tot. Es regnete auf ihn und das bißchen Pappe herab, auf die er dreiviertels gewälzt war. Ich machte einen langen Schritt. Es war Zeit, ins Bett zu kommen. Im Fahrstuhl riß ich den Verschluß auf, das Bier schäumte hoch, schäumte über Blechzunge und die geringe Wölbung des Rundrands, tropfte auf die Auslegware und den zwischen meine Füße gestellten Koffer. In fünf Zügen trank ich die Dose leer.

Ich weiß nicht, warum. Aber ich öffnete den Koffer vorm Schlafengehen nicht mehr. Sondern schob ihn vorsichtig unter mein Bett. Ich wollte kein Licht machen, nicht die drei Mitbewohner wecken, deren Schnarchen und Schnarcheln die Luft stickig machte. Sie war geradezu stockig, roch nach getragenen Socken.

Mein Gepäck war noch da, ebenso der Koffer. Gut.

Auf keinen Fall hatte ich Lust, ein Gespräch zu führen und dann irgendwelche Erklärungen abzugeben. Ohnedies saß ich schon in einem anderen Raum auf einem bei der leisesten Bewegung quietschenden Bett und sah, indem ich die mürbe Gardine beiseite hielt, über die 8th auf ein Deli. Typen lungerten da.

Auf dem Nachtschrank stand eine alte Schreibtischlampe, darum ein entfärbter Rosenkranz gewickelt, daran ein verbogenes Blechkreuz. – Der Koffer vor dem Türchen am Boden.

Eine Schabe mit langen Antennen war an ihm hochgekrochen. Ich erinnerte mich. Frühnachts noch hatte ich ihr beim Hochkriechen zugesehen, meditierend. Immanuel Kant, Interesseloses Wohlgefallen. Und mir von Zeit zu Zeit aus der Flasche Jim Beam in den Styroporbecher nachgegossen, bis ich eingeschlafen war. Ein zweites Mal also, Traum in dem Traum.

Jetzt war's schon kurz nach sechs. Ich nahm dann den Koffer und ab.

Der sehr kalte, aber ausgesprochen helle Morgen. Eine fast weiße Sonne schien, als ich hinaustrat. Eilend kamen mir frühstückend Leute entgegen; links unterm Arm die Aktentasche, den Kaffeebecher *to go* in der Hand. In der Rechten einen Bagel. So lief, wer eins hatte, ans Werk. Jede Straßenecke zierte ein rollbar metallener, nach Backwerk duftender kleiner Kiosk.

Bei RIESE'S an Times Square frühstückte ich. Für sieben Dollar *All you can eat.*

Es waren bereits Schulklassen hier. Literweise kippten die Teenies Orangensaft. Futterten *ham & eggs* und in Fett getränkte Pancakes, über die sie Ahornsirup gossen, damit die

süßen Omeletts schwammartig aufquellen konnten. Das schmeckte dann ziemlich widerlich. Eine Frage der Gewöhnung vielleicht. – Die Stimmung aber war frisch, das gefiel mir. Der Koffer hatte so gar nichts Gespenstisches mehr. Außerdem saßen mir schräg gegenüber zwei entzückende Berückungen. Blond. Blondbrünett. Mochten sechzehn sein oder siebzehn.

Ich versuchte den Augenkontakt, doch blieb er unbeachtet, geschweige erwidert. Na ja. Wurde er schon, doch abgeblitzt. Man sah den Nymphen ihr Elternhaus an; Geld macht altklug und schnippisch. Aber hinter schönen Fassaden steckt manchmal was. Dennoch war es nicht schwer, seitlich der geputzten Holzvilla die gepflegte Einfahrt zu imaginieren, auf deren Kies der Familien-Dodge parkt. – Was für schöne Zähne dieses blonde Mädchen hatte! Wer solche Girlies verführte, würd' wohl sein blaues Wunder erleben: Wie klug schon die beiden auf der Kippe zur Frau balancierten! Das machte mich zunehmend fickrig. Indessen, mußte mich vorsehn: Die freie Welt der *USA* ist mit Tabus von unten nach oben beschlagen.

Natürlich merkte ich, wie ich »die Enthüllung«, mußte ich denken, des Koffers *verschob*. Hob ihn endlich an, stellte ihn mir auf die Oberschenkel und untersuchte erstmal die Schließen. Sie schnappten glatt auf, wie von allein.

Das handtellergroße, obendrein rundgerahmte Foto Maestro Olsens. Auf dem zweiten ich selbst. Die Aufnahme war keinen halben Tag alt, ich entsann mich, 6th Ave, ich fantasierte den Spaziergang durch Downtown Manhattan, als

– rissiger Einschuß von Licht und Lärm –

Das Hemd.

Die Krawatte.

Der Anzug.

– Sollte Talisker auf mich angesetzt werden? Und auf Olsen? Aber warum?

Auf das Foto von mir war eine silberne Eins gemalt, auf das von Olsen eine Zwei.

Ich sah, wie um Halt, neuerlich zu den Mädchen. Die plapperten und plapperten.

Zwei schwere Umschläge. Ich rührte sie erst mal nicht an. Weiters eine Metrocard, das Billett für ein Konzert in der Carnegie Hall am 16., also heute, sowie den Schlüsselbund, nach dem es auch immer geklungen hatte. Blauer Plastikanhänger dran, das Etikett mit *Star Hotel* beschriftet. Dazu die fotokopierte Partie eines New Yorker Stadtplans, Garment District an Penn Station. Um 8th Ave und 30th St ein roter Kringel.

Dann d o c h die Umschläge geöffnet: in einem die Pistole, natürlich. Die *Baby Polymer 9 mm compact* war in ein Tuch gewickelt worden. Eine schöne Waffe. Aber ich traute mich hier nicht, sie in die Hand zu nehmen und zu wiegen. Besser, ich deckte schnell das Tuch wieder drüber. – In dem andern vier dicke Geldscheinbündel. Die Scheine jetzt zählen mochte ich ebenfalls nicht. Sondern faltete das Stückchen Stadtplan, steckte mir das Billett ins Hemd, nahm noch den Schlüssel heraus. Dann schloß ich den Koffer, zahlte meine sieben Dollar und machte mich Richtung Kringel auf den Weg. Das Star Hotel fand ich auf Anhieb.

Ecke 8th Ave und 30th St, ganz wie markiert. Ein weißer vierstöckiger Bausatzkasten, der Baldachin dran blau wie im Traum.

Vorn, an der Avenue, ein einfaches Restaurant: *Mamma Itardo's Italian Pizza. Lotto & News* Stand. Weinrote, gelb beschriftete Markise. Darunter an der Hauswand ein Telefon mit dem üblichen Windschutz aus Plexi, paar Schritte weiter der Eingang.

Ich klingelte, die Linse einer billigen Videoanlage sah auf mich herab; ich wär nicht überrascht gewesen, wenn sich das Objektiv organhaft vorgestülpt hätte. – »Ausgebucht«. Krächzschnarr.

»Für mich ist ein Zimmer reserviert.«

»Name?«

Ich zögerte kurz, nur mir selber gab's den Kick: »Talisker.«

Die Schließe summte, ich drückte die Tür auf. Es ging eine enge, im letzten Achtel gewendelte Treppe hinauf. Links, hinter der gestreckten Glasscheibe ab Brusthöhe in die Wand eingelassen, das sogenannte Direktionszimmer, welches zugleich Rezeption war.

Jack J. Faring
Site Manager

An einem der beiden Schreibtische saß ein leicht untersetzter Mafiaboß. Edelgrauer Anzug, Weste, Button-down-Kragen am Hemd, gelbgepunktete Krawatte. Nicht ohne Sadismus das – Wespenmotiv. Er winkte mich herein. »Sie haben Glück, daß wir noch da sind.«

»Ich hab schon die Schlüssel.«

»Hat Ihnen Denis die gegeben? Wann? Er hat mir nichts gesagt.« Er schob den Anmeldeblock herüber, verlangte keinen Paß. Statt dessen allerdings: »Keine Kreditkarten, keine Schecks, Sie zahlen je eine Woche im voraus.«

»Wieviel?«

»Vierzig pro Nacht.«

»Dreißig.«

»Fünfunddreißig.«

»Dreißig.«

»Okay, okay. – Ich bin Jack.«

»Talisker«, sagte ich.

»Das ist Ihr«, fragte er, »Vorname?«

»Mein Name.«

Er räusperte sich. Wartete. Ich wartete auch. Sah – was mich irritierte – den Programmzettel des *Pluto Symphony* aus den Briefstößen lugen.

Endlich begriff ich. Stellte den Koffer ab und zählte ihm die Twohundred hin, and ten. Er lächelte dezent vor Gier. Bemerkte meinen Blick, folgte ihm auf das Programm. »Ich hasse Postwurfsendungen!« Und zog das gefaltete Blatt hervor, wollte es zerreißen, hielt inne: »Oder interessiert Sie das?«

»Nein nein, schon gut.«

Während er riß und fortwarf, ging die Tür auf. Ein sympathischer Student wischte rein, Inlines unterm Arm, gerötete Wangen. »Das ist Denis«, sagte Jack und schlug sich spielerisch vor die Stirn: »Ach, ich vergaß … Sie kennen einander ja schon.«

Irritiert sah Denis mich an, stellte die Sache aber nicht richtig. Als er mich zu meinem Zimmer führte, steckte ich ihm einen Fünfer zu. Deshalb wahrscheinlich fragte er nichts.

Man hatte mir neben dem Zimmer einer, wie Denis sie nannte, *long-term tenant* einen nicht allzu kleinen Eckraum reserviert, mit Fenster zur Straße, zwei Fenster direkt auf die Avenue. Vor den verschlierten Scheiben Gardinen, die man nicht anpusten durfte, sonst wären sie zerfallen. Doppelbett Nachtschrank Kommödchen und eine Kombination aus Sideboard und Spind. Als ich die Schreibtischlampe mit dem Rosenkranz sah, wußte ich: Hier wirst du bleiben.

»Gefällt dir das Zimmer?«

Ich beugte mich vor, sah aus dem Fenster der Schmalseite. Das Deli drunten. Ich nickte. »Es genügt«, sagte ich. – Über dem Deli und längsseits gegenüber ein MANHATTAN INN in zweifelsfrei besserem Zustand. Dort zahlte man sicher auch mehr.

»Hat Jack dir gesagt«, fragte Denis, »daß wir umbauen werden?«

»Ach ja?«

»Eigentlich schließen wir heute. Ganz neues Konzept. Techno-Hotel.« Lächelte jungenhaft stolz: »Ich werde Mitinhaber.«

»Gratuliere.«

»Später mal kann ich dir Fotos zeigen. Also wenn du magst.«

Ich legte den Koffer aufs Bett. Ganz nebenbei, damit nichts auffiel.

»Und nichts für ungut«, Denis wieder, »wenn es nachher etwas laut werden sollte.«

»Ist mir egal.«

»Ich sag's ja nur. Also, see you.«

Ich folgte ihm fast sofort nach, um meine Sachen aus dem ALADDIN's zu holen. Hatte nur noch gezögert, ob ich das Geld unbeaufsichtigt hierlassen solle.

Als ich hinaustrat, standen die Wasserbehälter auf den groben Dächern wie außerirdische Wachsoldaten. Sie waren, Widerständen auf Schaltplatinen gleich, selbst auf den höchsten Stufenkästen montiert. Das Wetter strahlende Zuversicht. Momentlang beruhigte das meine Nervosität.

Sonnenbrillen. Kinderwagen. Trotz der Kälte wurde Eis geleckt. Zweimal passierten mich offene Cabriolets. Neben den Stufen lag der Typ nicht mehr da.

Plötzlich Panik. Jemand ist an meinen Rucksack gegangen! Ich sprang das Treppchen hinauf. Man hatte vielleicht mein Ticket genommen, das drin mit einigem Notgeld versteckt war. Und der American Express.

Um die Ecke stieß ich mit einem zusammen – »Verzeihung« – der gab mir – »Fuck you!« – einen Schlag vor die Brust. Momentlang blieb mir die Luft weg. – Fatales Bürokratengesicht. Porschebrille. Ohne Eile schritt der grausliche Mensch seines Weges davon.

Ich faßte mich, der Portier hatte ungerührt zugesehen. Jetzt schüttelte er den Kopf. Ich ignorierte ihn, drückte den Lift. Überm roten Teppichboden schwoll die Unruhe neu: mein Walkman, die Digitalhörer …

Vorbei am Duschraum. Ich mußte die Tür des Zimmers nicht aufschließen, sie stand spaltbreit offen. Doch war meine Aufregung grundlos gewesen. Das Gepäck der Mitbewohner sah gleichfalls nicht durchwühlt aus. Ich beruhigte mich dennoch nur langsam. Nahm den Rucksack und checkte aus. In hellster Sonne schleppte ich mich, darüber ziemlich in

Schweiß geraten, zum STAR HOTEL, wo mittlerweile Arbeiter eingetroffen waren, die über die Treppe zur zweiten Etage hinauf Spitzhacken und blecherne Schütten trugen. Dauernd ließen sie unten die Türe klaffen. Rechts gegenüber dem Direktionszimmer, in welchem Jack und Denis das Inventar zusammenschoben und ihre Sachen oben drauftürmten, war eine niedrige Stahlpforte zur Seite geklappt, durch die sich auf einen mit Mischmaschinen Mörtelsäcken Drahtgerippe vollgestellten Dachpappenhof hinaussehen ließ. In verfleckten Overalls wühlten Arbeiter rum.

Ich schritt weiter.

Die Tür des Nebenzimmers, aus dem Radiomusik plärrte, öffnete sich und eine unsäglich häßliche Schlampe wälzte den Kopf raus. Das war Mrs. Longterm Tenant. Ich wußte es unmittelbar, nicht nur wegen des Nachbarzimmers. – Sie sah mich, schwappte zurück und knallte die Tür zu. Na Mahlzeit.

Den Rucksack in mein Zimmer wuchten. Ich schlug die Tagesdecke auf dem Bett um, auch das Plumeau. Die Schlampe hatte mich mißtrauisch gemacht. Das Laken sah aber unverdächtig aus. Als ich jedoch eine Schublade der Miniaturkommode öffnete, peste rotbraun das insektische Haustier von gestern davon, die Fühler schreckensstarr Richtung Dunkel.

Ich schoß los, um ein Insektizidspray zu kaufen. Und um mich sonstig abzulenken.

Dreißig Meter lange Trucks kämpften sich quer durch ein Magma aus Wagen und Leibern. Die Straßenpriester standen bereit, weit die Arme ausgebreitet. Sänger und Saxofonisten musizierten mit plärrenden Ghettoblasters. Übers gesprungene Plaster schlurften Verrückte. Eingenickte Depressive schmorten an parkenden Autos. Alles hing an der Nabelschnur des belebten, millionengliedrigen Steins, zappelte im Metropolbiotop unentwegter Zellteilung. Weggefres-

sen die gewucherten Zellen von Saumbrand. Zerrüttung im Innern Verfall an den Rändern. Babylonische Stahltürme, das Dachwerk gleichermaßen von Art déco und Wolken verziert wie in Wolken und Art déco verzahnt, indessen sich unten Generationen aus Gelb Rot Blau ergossen, Taxen Busse rote leuchtende Feuerwehrwagen. Die zähen Stauungen von Inlineskatern wie von Sardinen durchflitzt, an beiden Ufern Menschenströme. Hob wer den Kopf, war er Tourist oder Dieb. Kaum war ich auf die 30th St hinaus, stieß man und rempelte mich aus dem Weg. Jemand knallte mir die Spitzen seiner Schuhe in die Fersen, anderswo hupte man unwirsch. Gedrängel unter der Sonne Manhattans. Wie die Schaufenster blitzten! Trotzig warf ich meinen Kopf in den Nacken.

Urbane Grate in der Höh. Schrottwürfel, abgeleckt die Farben, türmend aufeinandergeschichtet, da Tausende Wohnungen reingebohrt. So sehr die Wolkenkratzer der Vertikale gebieten, wird doch die Fläche von Mietskasernen beherrscht. Quadratkilometer nach Abriß schreiender Backsteinhöhlen Zementhöllen depressive Sozialität.

Unterhalb der 14th St West brach die Avenue auseinander. Weingläser zerspringen so. Die Straßen ausgefranste Stadtplanrisse. Hübsche Fassaden. Wie niedrig die Häuschen Blühendes Kirschenmeer tuffhell und süß.

Mit einem Mal war es still. Das Viertel hatte in seinen mondänen Ursprung zurückgefunden und die Zeiten einer in Henry Miller legendären

Bohème geschleift. Zur schwulen Puppenstube aufpoliert, wirkte hier bereits der Anblick von Arbeit obszön. Fünf Stock hoch, achtzehn Fuß breit: so maß ein Brownstone. Glänzende Kirschholztüren, die Goldgriffe angehaucht. Dann in den Neid des Nachbarn gewichst. Dicke Haushälterinnen mit an Leinen laufenden Walzen. Ballette von Gitternetzen aus blauen Feuerleitern. Ein alter Mann hockte auf den Stufen und sinnierte in Tulpenrabatten hinein. Die tote Zigarre zwischen den Lippen. Zwei Sträßchen weiter das Modell eines Freibads. Gechlorte Einsamkeit. An der Hauswand wellig reflektiertes Türkis. Die häßlichsten Hochwohnkomplexe wölbten sich drüber. Grob abgerissen eine Gebäudeseite. Der ungeheure Kran: mechanisches Alptrauminsekt. Und noch dahinter und noch höher: geschlagene hochgestockte Zementsahne starr. Und abermals drei Stockwerke drauf!

Riesige Regenlachen. Ein schwarzer Lincoln raste durch wegspritzende Pfützenflächen. Hydranten an jeder Straßenecke. In einer Auslage, hübsch und birnig, schimmerten zwei silikone Brüste. – Houston Street. Zwar von Süden her fegte noch eisig der Wind, aber in der halbsteil herunterprallenden Sonne wurde es heiß. Ging ja auch auf Mittag zu. Und von den Dächern bestarrten mich immerzu diese bizarren Wasserbehälter: rund und fassig und spinnenartig auf dünnen Gelenken.

In meine Rue Lafayette gebogen und über Spring Street zur Bowery weiter. Hier war ich schon gestern abend gedankenspaziert. *Main Supply for Chinese Cooking.* Ge-

schreie Sirenen. – Je höher die Sonne stieg, desto schärfer wurden ihre Lanzen. Unausgesetzter Wechsel von dunkel und grell. Lichtgitter Schattenmauern. Dann bezog sich der Himmel mit einem kranken Hauch. Ich schwebte durch Leitern aus Licht und Pagoden. Unversehens Canal Street: leuchtendste Markisen. *Egg Rolls Dofu* Menschenklumpen. Die Shoppingströme derart dicht, daß ich Schwimmbewegungen machte.

Die Mott Street barst vor Touristen. Kleine dicke Amijungen schwappten in Shorts unter Baseballkappen. Fanfaren Trompeten Heulen: schon schrill ein Feuerwehrkonvoi, der, leuchtrot unterm Leiternsilber, durch die Metall- und Gummiflut schnitt. Die Auslagen geil dahingeschichtet. Fische Krebse Krabben Hummer. Aquarien, zum Scheibenbersten gefüllt. Weiß gallertig Dim Sum. Glibberkuchen aus Reis. Ein Abgang zur Subway aufgerissen. Schartiger Zaun, als wären es Zähne. Ich drückte den Bauch dran vorbei, tauchte unter etwas hindurch, das ich besser nicht wahrnahm. *Seafood congee* im *Wonton Tavern* gleich neben der Manhattan Bridge. Nahe ihren riesigen Sockeln wurde man für fünf Dollars satt. Hunderte kleiner Garküchen sprenkelten die Gegend, in den Sichtfenstern über siedendem Fett goldbraune Enten an den Schwimmfüßen aufgehängt. In einem Fleischerladen gehenkt. Ein Kino zeigte nur chinesische Filme. Und weiter dieses Giftgelb, Gelbgift über New York! Davon wurde hinter den Feuerleitern der rote Backstein grün. Auslagen wie in der *DDR:* staubige Verpackungen von Elektroartikeln, Schriften und Farben längst verblaßt. Einmachdosen. Gewelltes Papier. Wie die alte Chinesin auf ihren East Broadway hinunterschaute! War so verschattet unter den silbrigen Haaren. Das gegerbte Jahrtausendgesicht bestand nur aus Rissen und Sprüngen.

Moment mal eben: – mitten im Schreiten blieb ich stehen.
War das nicht Talisker?!
Etwas griff mir ans Herz. Mit sehr kalten Fingern –

Ich kniff die Augen zusammen. Hatte mich selbstverständlich geirrt. Was hätte er hier auch zu schaffen gehabt? Ich kam nur langsam zur Ruhe. Trat in einen Imbiß, nahm ein *root beer*: widerliche Brühe aus Maissirup Wasser Fruktose. Desinfiziert ließ ich mich tiefer in den organisierten Brükken-, Holz- und Stahlwirrwarr locken. Wie tiefer, tiefer in den Stein. Immer muß man irgendwo durchschlüpfen. Ich fahndete schon nach den Pässen, umwanderte Baustellen, kletterte an Absperrungen vorbei, zickzackte durch Fahrtrinnen Taxen Busse Trucks.

Der City Hall autoritäres Kolonnadenrondell. Die goldene Figur über den beiden Stufen des Dachs leuchtete auf die Magnolien eines von Baggern Bulldozern Arbeitern umgewühlten Parks hinab.

We apologize for any inconveniance

Links Brooklyn Bridge, dann das Woolworth Building rechts, der Financial District. Die Lilien vor Trinity Church dufteten zum Besinnungsloswerden. Klein und steinig blickte das neogotische Gotteshaus in den massigen Cañon der Wall Street: der Architektur gewordene Kapitaldarwinismus eine wüste verschachtelte Hybris aus Kubismus und Kitsch, spätromantischen Arabesken und manieristischer Disfunktion. Nur wenige Straßen entfernt ist das Pflaster nicht nur mit Fischblut gewaschen.

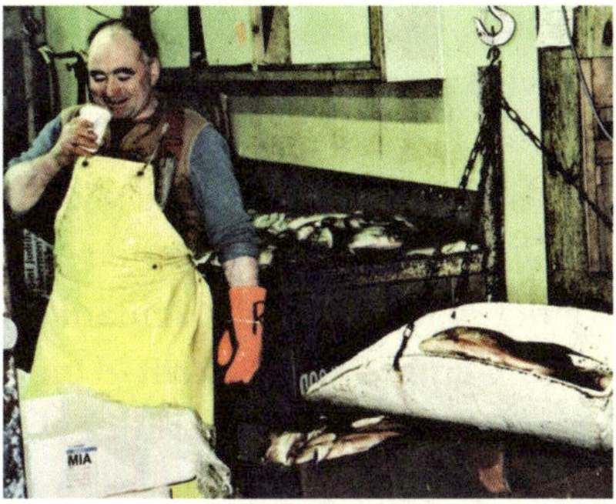

Die Hafenmafia wütet hier. Doch das Gebiet soll abgerissen werden und saniert, das historische Viertel Freiluftmuseum. Noch werden Bauaufträge aber verschoben, niedergeschlagen, doch wieder und wieder aufgelegt.

Beidseits der Straße Verkaufsstände und dahinter Ladengaragen: überdimensionale Schuhkartons. Der noch blutige Fisch in schaufelartigen, frei an Ketten hängenden Riesenschütten gewogen; das Ziffernmeßblatt am Haken. Lässig tragen Arbeiter in fetten gelben Plastikschürzen ihre gebogenen Arbeitspickel über den Schulterwamsen. Andere laufen mit altrosa, seltener weißen verfleckten Leinenschürzen herum. In Plastiktonnen Sardinen Makrelen Muscheln. Kingcrab-Arme von mehr als einem Meter Spanne.

An den ins Wasser vorgeschobenen Piers des Southports sind zwei Segler festgemacht, einer ist Dampfschiff zugleich. Wer mag, kann die Schiffe besichtigen. Links daneben weitere Molen, auf denen teils Häuschen stehen sowie ein dreistöckiges Hafengebäude mit Wandelgang; auf der Fläche darunter parken die Autos. Ein Leben wie geologische Schichten. Restaurantchefs schreiten die Auslagen ab und wählen prüfen feilschen.

Ich hatte mich zum Ausruhn vor die halbhistorische Anlage des Battery Parks gesetzt. Blinzelte im Sonnenlicht übers Wasser zur Freiheitsstatue hinüber, nach Ellis Island, wo sich die Immigranten oft tagelang die Beine in den Bauch standen. Deutsche Sozialisten damals, Kommunisten Juden Homosexuelle. Wissenschaftler Künstler. In die letzten Mäntel der Heimat gemummt, hatten sie auf den Fetzen und

Koffern gesessen, Kinder an den Brüsten der Mütter geschrien. Niemand wußte, was wird. Wenn man nur reinkam.

Heute ist die Insel Museum. Doch wer mit der unentgeltlichen Fähre nach Staten Island hinüberfährt und wieder zurück, kann noch fast denselben Eindruck gewinnen wie die Ankömmlinge damals; freilich gab es die blauschlanken Doppeltürme des World Trade Centers noch nicht. Doch man erblickte – zu speicherartigen Riesenhäusern aufgekastet und bogen-, ja kronengeschmückt – White Halls vorgeschobenes Kegelende und die gewölbtbraunen Magazine aus Backstein sowie dahinter das neogotische, in bläulichgrünem Weiß verspielte Woolworth Building mit den von bernsteinfarbener Spitze eskortierten Zinnen und unter ihnen in geometrischer Pracht Fenster um Fenster, Simse um Simse. Ach, derart kalt war es an Deck!

Jetzt, da grad kein Wind ging, wurde es warm. Kinder spielten Fangen. Schaulustige standen in Pulks an den Anlegestellen. Für 45 Dollar brachten sie die Schiffchen hinüber. Das Tuckern der Motörchen, die klätschelnden Wellen. In solch einem Frieden döste ich ein und kam erst wieder zu mir, weil jemand mich ansprach. Ich hatte von Talisker geträumt. Doch nicht der saß bei mir, sondern ein kleinbürgerlicher Mensch im Businessdress. Der Anzug paßte ihm nicht; er schien ihn geliehen oder auffällig abgenommen zu haben. Die Krawatte zipfelte bis in den Schritt. Jetzt, da er saß, hing sie unter den Banksitz hinunter. »Schlafen Sie?« fragte er.

»Nein«, sagte ich.

»Dann haben Sie Selbstgespräche geführt.«

»Oh Verzeihung.«

»Schon gut. Ich dachte, ich weck Sie mal auf. Damit Sie nicht was ausplaudern.«

»Ausplaudern?«

»Was zu privat ist.«

»Ach so.«

»Auf seine Privatsphäre hat jeder ein Recht. Die muß man auch gegen den Schlaf verteidigen.«

»Da bin ich Ihrer Meinung.«

»Sie sind nicht von hier?«

»Sie auch nicht.«

»Stimmt. Ich komme aus Hudson.«

War das zu fassen? Daher war doch auch ich heut gefahren. – Ich verbiß mir's auf der Zunge.

»Zweieinhalb Autostunden upstate. Ich mache in Lastern«, erklärte er, »*Trucks*. – Haben Sie eine Ahnung, was man abends tun kann in New York?«

»Das meinen Sie nicht ernst!«

»Ich bin so einsam«, sagte er rührend naiv. Dann fingerte er seine Karte aus der Brillentasche. »Wenn Sie mal einen Transporter brauchen.« Damit reichte er sie mir:

Michael J. Thimble
Vice President Sales

Robbie Enterprise
78–80 Green St.
Hudson, NY 12534
518-824-5492 Tel
518-824-2670 Fax

»Es ist wegen Clarissa«, sagte er dann und zog aus der Seitentasche einen silbernen Flachmann. Ich hingegen zog, sozusagen über der Visitenkarte, die Brauen zusammen.

»Clarissa ist … *war* meine Frau …«

»Aha.«

»Ich hab hier vor einem Jahr einen Deal gemacht … einen ganz großen, sag ich Ihnen …« Er reichte mir den Flachmann, nachdem er sich umgesehen hatte. »Man muß vorsichtig sein, die stecken Sie für weit weniger in' Bau.«

Ich dankte: »Noch zu früh zum Trinken.«

»Ham'Se auch wieder recht«: steckte den Flachmann mit seiner Linken zurück. Dann reichte er mir die Rechte. »Sie können Mickey zu mir sagen. Das hat immer *sie* gesagt. Wäre schön, es wieder mal zu hören.«

Ich schlug ein: »Ist mir eine Ehre. – Gottfried Meissen.«

»Sie sind Deutscher? Ich dacht mir sowas schon wegen des …«

»… Akzents?«

»Verzeihen Sie, will Ihnen wirklich nicht … – *Gottfried* … Nie gehört, den Namen.« Betonte sinnierend: »Meissen«, was er, jedoch mit stimmhaftem S, wie *Mason* sprach.

Ich sagte: »Nennen Sie mich *Fred.*«

»Ich habe, Fred, drei 97er Freightliner verkauft, *Century Class*, wenn Ihnen das was sagt …«

»Tut mir leid, ich …«

»Drei Stück, Fred! Das war der größte Deal meines Lebens! Aber ich hatte eben Clarissa mitgenommen, weil … Sie wissen schon, die hatten eingeladen … Und da war dann dieser Bill. William W. Worman.«

Er verstummte. Legte den Kopf zurück, blinzelte ins Licht. Drüben kamen die weißen Tuckerboote zurückgestampft. Aufregung am Pier, Mütter brüllten übers Kleinkindsgreinen.

»Worman?«

»Der Manager von Gating Inc.«

»Ach so.«

»Nicht wahr? Was hätt ich tun können?«

»Denen haben Sie die Trucks …?«

Er nickte.

»Das ist dumm«, sagte ich.

Er sagte: »Ich hätte das nie gedacht.«

Wir saßen einen Moment wieder schweigend.

»Aber so ist das«, fuhr er dann fort, »der beste Deal ist auch immer ganz mies. Hätte ich mein Geschäft weiter auf Albany konzentriert ... bis nach Buffalo hab ich gehandelt ... Kenn'Se Buffalo..?« Er wollte keine Antwort. »Das ist eigentlich mein Einzugsgebiet. Aber jetzt fahr ich immer nach New York. Fast jedes Wochenende bin ich hier ... bei meinem Schwager ... der will ja a u c h wissen, wo Clarissa ... – Is' mit dem Bill natürlich längst a u s .«

»Natürlich«, sagte ich.

»Aber ich glaube nicht wirklich«, wieder er, »daß ich sie wiederfinden werde. Ihr würde das auch gar nicht gefallen. Aber ich hab so wenigstens das Gefühl, daß ich ihr nah bin. Verstehn Sie, was ich meine?«

Ich nickte.

Er zog den Flachmann ein zweites Mal heraus, schraubte den Verschluß nun wirklich ab, sah sich abermals um, bückte sich, setzte an. Auf meinen spöttischen Blick: »Ich bin schon mal geschnappt worden, wissenSe, gleich die Woche, nachdem das mit Clarissa passiert war. Bloß 'ne Dose Bier, aber 'ne ganze Nacht mußt' ich brummen ...!«

»Wegen einer Flasche Bier?«

»Man darf im Leben keine Angst zeigen. Das weiß ich, und Sie, Sie wissen's auch. Zeigen Sie keinem, wie verletzlich Sie sind!«

Was für ein guter, lieber Mensch. Es war nicht leicht, nicht zu lachen. Um's zu verhindern, fragte ich: »Sie haben Ihre Frau seit damals nicht wiedergesehen?«

Er schüttelte den Kopf.

»In der ganzen Zeit nicht eine einzige Nachricht?«

»Nein, nichts.«

»Sie fehlt Ihnen immer noch?«

»Ich liebe sie. Es war eine gute Frau. Aber weg ist weg, sag ich immer. Und was weg ist, kommt nicht wieder. Ich hätt es wissen müssen.«

»Wo wohnen Sie?«

»Hier in New York? – Herald Square Hotel.«

»Ach nein!«

»Sie kennen das?«

»Ein Freund von mir ist da untergekommen.«

»Ich hab ein Bild von ihr.«

»Von Ihrer Freundin?«

Er schnalzte, sah den Flachmann in seiner Hand an, schnalzte wieder. Dann schüttelte er den Kopf und steckte das Fläschchen weg. Holte sein Portemonnaie raus, fingerte drin rum, reichte mir eine Automatenfotografie. Da konnt ich's nicht lassen, durch die Zähne zu pfeifen.

»Haben Sie sie gesehen?« fragte er überrascht. »Kennen Sie sie?!«

Es war Lissy, die Prostituierte aus LEGZ DIAMOND'S.

»Sind Sie ein moralischer Mensch?« fragte ich.

Er: »Ich weiß nicht. Wahrscheinlich schon.«

»Dann wird es schwer für Sie werden.«

»Sagen Sie schon! Sie wissen, wo sie ist?!« Er faßte mich tatsächlich am Jackettaufschlag, und zwar mit beiden Händen.

»Hey, hey!« machte ich. Sofort zog er sich zurück. Schlappschwanz.

»Geben Sie mir die Adresse«, jammerte er.

Ich: »Haben Sie etwas zu schreiben?« – Ich kritzelte die Anschrift auf.

Er las sie, steckte sie ein, stand nicht ab, mich obendrein anzubetteln: »Würden Sie mich begleiten heut abend?«

»Nein, da hab ich anderes vor.«

»O bitte!

»Aber wenn Sie wollen, können Sie meinen Freund im HERALD SQUARE fragen.«

»Wieso? Kennt der sie auch?«

»Mich? Natürlich.«

»Nein, – Lissy.«

Es war nicht schwer, es einzurichten; also nickte ich. Sie hatte sich, kaum daß ich gegangen war, zu ihm gesetzt.

»Talisker heißt er«, sagte ich, »Wilfried Talisker. Lassen Sie sich von der Rezeption seine Zimmernummer geben. Ich selber muß jetzt los. Es rufen die Ideen.«

»Ideen?«

»Vergessen Sie's. Und stecken Sie den Zettel ein.«

Ich hatte wirklich keine Lust, das Gespräch noch weiterzuführen. Mußte sowieso noch Insektenspray kaufen.

Unter South Ferry nahm ich die Riverdale Line bis Penn Station und suchte nach einem Laden. Mit der Dose bewaffnet, spazierte ich ins Hotel, sprühte und zog mich dann um. Aber auch Mr. Thimble fuhr ins Hotel, nachdem er einen letzten – entscheidenden – Schluck aus dem Flachmann genommen. Kaum dort, fragte er nach meinem vorgeblichen Freund, bekam die Zimmernummer wirklich genannt und machte sich auf, oben anzuklopfen. Eine Frauenstimme rief in sehrrrr gebrrrrochenem Englisch »Herrrrein!« Die Russin hing an diesem Zimmer.

»Sorry, ich suche Mr. Talisker.«

Vor dem Bett flimmerte eine Aerobicsendung. Genervt guckte die Frau zur Seite und Mr. Thimble an. »Is' nich' da.«

»Sind Sie Mrs. Talisker?«

»*Not*«, wiederholte sie, »*in*.«

»Wann kommt er denn zurück?«

Sie kaute reaktionslos den Fernseher an.

»Könnten Sie ihm etwas von mir ausrichten? Thimble mein Name, Mike Thimble.«

»Zimmerrrr 15?«

»Woher wissen Sie …?«

»Mach da sauberrrr.«

Doch da kam Talisker selbst. Wunderte sich … um nicht zu sagen: war verärgert. »Schon wieder Sie! Also absolut raus hier!«

Die Russin pumpte, schwang ihren Wisch. Talisker holte Luft, in seinem Pneuma trug es sie fort. Wobei die Empörte noch krrrreischte. Als das verhallt war, fragte Talisker Mr. Thimble: »Hat man Töne?!«

Was sollte der da erwidern? Er runzelte nur die Stirn und blähte eine Backe vor Verlegenheit.

»Wer sind übrigens Sie?!« fragte Talisker.

»Ein Mißverständnis … Entschuldigung, ich habe gedacht, das ist Ihre Frau …«

»*Die*?! – Kommen Sie, was wolln Sie hier?«

»Sie sind ein Freund von Mr. Fred.«

Jetzt runzelte auch Talisker die Stirn. »Von wem?«

»Er hat mir vorhin, im Battery …«, er räusperte sich, »es ist nämlich so, ich suche Clarissa.«

»Wie interessant für mich.«

»Das ist meine Frau.«

»Schwer zu erraten. Also wie kann ich helfen?«

Mr. Thimble zog die Adresse von *LEGZ DIAMOND'S* raus. Reichte Talisker die Notiz. Der sie las.

»Hat mein Freund seinen Nachnamen genannt?« fragte er.

»Mr. Meissen.«

Talisker griff sich unmittelbar an die Hemdtasche, worin noch der Handzettel mit meiner Nachricht steckte. »Ihr Mr. Fred scheint ein überaus interessanter Mann zu sein.«

»Das weiß ich nicht.«

»Und Ihre Freundin soll da … *arbeiten*?«

»Mr. Meissen sagt das.«

»Sie haben ein Bild von ihr?«

»Aber sicher, sicher!« Und reichte es Talisker rüber.

Der erkannte die Frau. Sah gehässig Mr. Thimble an. So viel Unglück konnte einen nur ärgerlich machen. – »Ich weiß nicht, ob Sie es wissen«, sagte er, »aber diese Frau ist eine Bitch.«

»Oh bitte …!«

»Verdorben ist gar kein Ausdruck! Aber wie Sie wollen … Mr. … ?«

»*Thimble*.«

»Sie macht da ihr Leben, das ist schon richtig. – Doch nun … ich bitte Sie … Ich habe eine lange Nacht hinter mir.« Er mimte anzüglich lächeln.

»Aber ich dachte … habe«, hub der unglückliche Mr. Thimble wieder an, »gehofft, Sie …«

»*Was* ich?«

»Sie könnten mich vielleicht begleiten … Wissen Sie, ich bin mein Lebtag noch in keinem … keiner …«

»Es gibt ja auch keine Prostitution in New York«, höhnte Talisker und winkte seinen ungebetenen Gast auf ziemlich widerliche Art von der Schwelle. Er wäre anders in sein Zimmer auch gar nicht hineingekommen. Zwei Menschen faßte es nur, sofern sie aufeinanderlagen oder zusammen sehr eng saßen, was beides weder seiner Neigung entsprach noch auch nur in Mr. Thimbles schmalem Horizont lag.

Hilflos sah der Truckhändler zu, wie die Tür sich schloß.

Tatsächlich hatte sich Talisker ein paar Stunden mit Clarissa vergnügt. Die hatte sich gestern nacht, kaum war hinter mir die Stiegentür geschlossen, an den Neuen herangemacht. Da ich ihr entgangen war, drängte es sie zur schnellen Beute. Talisker nippte, *befangen*, schien's ihr, von seinem Glas. Es war aber nichts als ein nächster innerer Umstellprozeß, was ihn so unterkühlt wirken ließ. In Wahrheit wallten seine Säfte. Er hielt noch den Handzettel mit meiner gekritzelten Nachricht rechts zwischen Daumen und Zeigefinger, während er den Modellen zusah, die, eine nach der anderen, über endlos langen Beinen und mit ihren kindsglatten Mösen vertikal lächelnd – Samtbäuche unter den Brüsten, ihre Gesichter erlesenst Mannequin – zur Stange lippizanten, um die sie eine Hand legten, sich hielten, sich schwangen. Zu ihren High Heels schneiten die Scheine.

Carmen, die Lissys Absicht bemerkte, tuschelte ihr zu: »Der läßt keine an sich ran.«

»Geizknochen«, kam es von Jane.

»Ich glaub«, so Jackie, »bloß verklemmt.«

Wenn der Schuppen leer war, hingen die Frauen wie Trauben an den wenigen Gästen. Lissy drückte die Brust raus und wurde Clarissa. »Guten Tag, Sir«, sagte sie, was natürlich ungewöhnlich war. »Sind Sie geizig?«

Er sah hoch und fragte grob: »Willst du mich anmachen?«

»Das ist mein Beruf, Mister. – Was haben Sie denn da?« Augenschlag auf den Zettel. – »Ach so …«

Sie nahm ihm das Stück Papier aus der Hand, faltete es und steckte es neckisch in seine Hemdbrusttasche. Dann zog sie einen Stuhl heran und setzte sich. Fingerte zu Taliskers Zigarettenschachtel auf dem Cafétisch. »Ich darf doch?« Beugte sich vor, halbschräg, das bot ihm Einblick ins Dekolleté. »Vielleicht geben Sie mir mal Feuer. Sie dürfen mir übrigens etwas bestellen.«

»Und wenn ich nicht will?«

»Sir, Sie wollen.«

Er mußte lachen. Ihre stilvolle Dreistigkeit gewann ihn. Sie drückte ihm sachte ihre linke Hand auf die Brust. Ihr rechter Unterarm legte sich um seinen Nacken, ihre Lippen berührten seinen linken Mundwinkel. Clarissas Zärtlichkeit war so innig professionell, daß der Zweifel daran, er könne gemeint sein, für Talisker ganz hinfällig wurde.

»Sie riechen gut«, schnupperte sie, »ich kenne das Parfum nicht.«

»Bist du teuer, Kleine?«

»Mögen Sie tanzen?«

»Hier?«

»Im Garden of Eden.«

»Wo?«

»Ich zeig ihn Ihnen. Lassen Sie mich nur erst zu Ende rauchen.«

Er nahm, sich zurücklehnend, einen Schluck von seinem Bier. Karin gab es nicht mehr. So lebendig wie heute hatte er sich seit seiner Jugend nicht gefühlt. Clarissa indessen zwinkerte der schönen Gwendolyne zu, die sich unter ihrem Spagat Dollargaben darbringen ließ, wobei sie, hinten auf beide Hände gestützt und den dunkelbraunen Kopf hart in den Nacken gelegt, so daß die gestrafften Brüste sich reckten, ihr indianisches Haar bis in die Weichen strömen ließ. Die Freundinnen liebten ihren Beruf.

Die Mestizin stammte aus Levittown, Long Island, ihre Mutter war eine der wenigen überlebenden Algonquin, der Vater ein Handelsreisender in Software. Die Geschichte zwischen beiden war nicht gut verlaufen, das Reservat verweigerte der Mutter nicht qua jure, aber de facto die Rückkehr, und Gwen hatte sich mit vierzehn fortgemacht. – Clarissa hingegen entstammte einer Quäkerfamilie aus Chatham. Bereits mit neun hatten ihr nicht nur ihr eigener Vater, sondern sämtliche Väter auf eine das Gemeinleben einigermaßen belastende und auf die Dauer schließlich inakzeptable Weise gefallen. Ihre Menarche, sie wurde gerade elf, änderte das nicht. Man schickte sie ins Internat. Doch unterrichteten dort Lehrer.

Aus dem nächsten, einem Mädchenheim, haute sie ab. Furchtbare Jahre folgten. Mit achtzehn floh sie in die Arme des netten dicken Mr. Thimble. Hoffte inständig, seine brave Güte werde sich als schützender Wall vor ihre Veranlagung bauen. Tatsächlich wäre nichts geeigneter gewesen, ihre Lüsternheiten zu ermüden, wie die samtige Altväterlichkeit, unter welcher der einfache Mensch sein hübsches Weibchen wärmte. Doch der Heiland hörte nicht auf das Gebet, das diese Ehe in einem sehr gewissen Sinne für Clarissa ja war. So daß sie, indem sie den ignoranten Gott wieder floh, den bedauernswerten Gatten ebenso ließ. Vollen Herzens und wie befreit war sie in Bills, eines humaneren Erlösers oder Versuchers, Arme gestürzt. Als der sie fallen ließ, wäre sie beinah wirklich gefallen. Doch Mrs. Martha fing sie auf. Nahm sie gegen *vice squad* und Krankheit in Schutz. So ging es ihr gut, weshalb sie sich nun ausgesprochen gerne mit Talisker zurückzog, um ihrer Bestimmung erst im Garten Eden und später in einem der hübschen Serailchen zu dienen.

Sie liebten sich bis halb drei. Dann schlief Talisker ein. Und träumte von dem Safe. So war er ganz dankbar, daß Clarissa ihn wegschicken mußte. Er gab ihr zweihundert Dollar.

»Bist du reich?« fragte sie erstaunt.

»Ein Gangster.«

Die Antwort gefiel ihr, sie lachte. – »Kommst du wieder mal in die Gegend?«

Er sah sie, ohne zu antworten, an. Dann nahm er den Fahrstuhl hinab in die Nacht, gab noch dem Türsteher draußen ein Trinkgeld, schritt Richtung Broadway von dannen, bis er sich, weil seine Beine schmerzten, das erste beste Taxi pfiff.

Um Times Square funkelte Absackerleben. Doch den Mann ergriff nun wirklich das Zeitlag. Er war seit mehr als einundzwanzig Stunden … schon gut: auf den Beinen nicht n u r … und schlief nun eingekeilt zwischen Safe, *TV* und Aircondition in seinem *Herald Square Hotel* wie das geflügelte Leben. So auch das Puttchen geheißen.

Morgens dann, er hatte es sich vor zwei Pancakes grade bequem gemacht und schickte sich an, sie mit Ahornsirup zu bekleckern, kam, rotverquollener Augen, abermals der dicke Mr. Thimble auf ihn zu. Keine angenehme Unterbrechung des Frühstücks. »Bitte, Mister, helfen Sie mir doch!« Er vermisse sein Frauchen so sehr. Hätte Talisker ihn expedieren können, er hätte den Menschen zu seiner HeileheileGänschen-Familie nach Tettnang geschickt. Morgens bereits derart viel Unglück, das mußte einen abermals ärgerlich machen. »Sein Se mal'n bißchen straff!« Das beste wäre, man raubte Mr. Thimble aus in Manhattan und schlüge ihn so windelweich, daß er endlich begriff. Und der Stadt für immer den Rücken kehrte. Er würde sich schon erholen in seinem Hudson, upstate N.Y.

Der Dicke drehte beschämt den Ballen des rechten Fußes am Boden.

Talisker ließ die Gabel laut auf den Teller fallen. »Okay«, sagte er, »wenn Sie lieb sind und mich in Ruhe aufessen lassen, können wir uns heute nacht treffen.«

Strahlen übers Rotgewangte: »Wirklich?! Das ist so nett von Ihnen! Sie können sich gar nicht vorstellen …«

»Doch, das kann ich«, sagte Talisker. »Aber Sie bezahlen.«

»Was immer Sie wollen!«

»Bringen Sie so viel Geld mit, wie Sie haben. Ihre Frau ist überaus gierig.«

»Sehr gerne, sehr sehr gerne, Mr. Talisker.«

»Wir treffen uns dort um halb zwölf …«

Mr. Thimble, mit leichtem Entsetzen: »Drinnen?«

»Vor dem Eingang.«

Der Lastwagenhändler atmete auf. »Ich werde da sein. Sie können sich auf mich verlassen.«

»Dann wäre ich jetzt gern allein.«

»Natürlich, Mr. Talisker, gerne, Mr. Talisker.«

So daß das Schlachtopfer ging.

Es gab Geschichten, die sich die Tänzerinnen erzählten. Etwa: In Wirklichkeit ist Martha uralt. Ich war ja nicht der einzige, der das Gap-Khakis-Plakat gesehen hatte. Jeder sah es. Und jeder machte sich drauf seinen eigenen Reim. Ganz geheuer war deren keiner. Und dann! Nicht nur Models und Kunden verkehrten hier, sondern es mußte hinterm Manager-Office noch einen weiteren Raum geben, den man durch eine Geheimtür betrat. Oft erschienen Frauen zur sogenannten Vorstellung; doch bewarben die sich nicht. Jedenfalls nicht zwanzigdreißig auf einmal. Auch stand von denen nie eine hinterher auf dem Steg. Klopfte man dann an im Büro, gab es meist keine Antwort. Wenn aber doch, dann waren drinnen die Frauen irgendwie weg. Carmen schwor, sie seien bewaffnet, richtig bewaffnet, nicht nur mit Gaspistolen. Auch Jackie hatte mal eine Parabellum Halbautomatik auf dem Schreibtisch liegen gesehen, *9×19*. – Übrigens bemühte Martha sich nicht, vor ihren Tänzerinnen besonders geheimzutun. Sie sprach bloß nicht über das, was hinten vorging. Und erwartete, nicht gefragt zu werden.

Vor anderthalb Wochen war ein berüchtigter koreanischer Schutzgelderpresser erschienen. Lissy hatte ihn zu Martha begleitet. Er war nie wieder herausgekommen. Oder vielmehr – so kursierte das Gerücht – in Teilen. Auf Styropor die Zunge in einem Päckchen voran. Martha habe es per Taxikurier an eine Adresse in Flushing, Queens, geschickt.

Der Fahrer sprang in den Wagen, neben ihm auf dem Sitz die Sendung fast zigarettenschachtelklein. Der Wagen startete, überquerte Broadway und 7th Ave, bog in die 6th, hoch bis Central Park South, die Prachtlane aus Charleston und Glamour immer entlang bis über die 59th unterhalb Upper East. Luxusapartments gigantisch-romantische Hauskomplexe Schmiedeeisen. Madison Avenue *ARMANI UOMO GUGGENHEIM LAUREN*. Museum of Modern Art. Die riesigen Affichen um BLOOMINGDALE'S predigten, umgekehrt proportionale Leninplakate, den Konsumismus als demokratischste Botschaft des HErrn. 20.000 Dollar Nebenkosten – monatlich, das war für Apartment und hausinterne Infrastruktur wirklich nicht viel. Schon ein wie Quader ineinander Verschachteltes, schon wieder Dreck. Letzte Glaskästen, sich an Häuserwinkeln stauende Autos. Schon auch das Taxi stop and go. *Stop* mehr als *go*. Eine schwarze Obdachlose im Kircheneingang, verpackt in die Decke, blaue Pudelmütze auf. Orangener dicker Pullover. PROPERTY OF US POSTAL SERVICE stand auf dem jutefarbenen Leinen, das neben ihr den hüfthohen Karren bespannte. Braune Mülltüten reingestopft. – Was *tat* sie da? *Probte* sie? Spielte auf einer Oboe, die man nicht sah; nur ihre Finger, in durchbrochenen Wollhandschuhen, sah man über die imaginären Klappen jagen. Die Frau hatte ihre Sneakers ausgezogen, auf dieser Schwelle war sie daheim. Sie standen sorgfältig neben ihr, sozusagen auf dem Flur.

Ruckweise ging's Stückchen weiter. Dann hochgefädelt zur Queensboro Bridge, über welcher die Seilbahn. East River West Channel – das öde Roosevelt Island drunten – East River East Channel. THED LOVES JACKY stand am Aufbau drüben links. Braune Mietssilohäuser.

Geduldig las ein Busfahrer, bis Grün kam, seine Zeitung. Das Taxi steuerte geradeaus weiter. Als schwere Silhouettenmasse blieb Manhattan zurück. – Skillman Avenue, wildes Gehupe, Kreuzung, schon kilometerlang die Roosevelt Avenue, ihr ethnisches Gesicht ständig verändernd. Drüber die Stadtbahn.

Geschäfte Läden in Woodside die Kneipen noch irisch, schon Mambo Samba bisweilen ein Tango. Frische aufgeschlagene Kokosnüsse und Zuckerrohrsaft in Jackson Heights. Indiogesichter dann Indergesichter.

Holzwände Verzierungen, stacheldrahtverschanzte UBahnhöfe Wachschutzhunde *HALLELUJA CHURCH SUPPLY*. Bus-Chaos Main Street. Asiaten, die aus Papiertüten aßen.

Das Taxi hielt vor *PARKS DOFU*. In der Rechten das Päckchen, gab der Hintern des Fahrers der Autotür einen Schubs und die Sendung vorn am Empfang ab. Dann fuhr der Fahrer wieder davon.

Im Hinterzimmer verzehrte Mr. Dong Pyo P. den ersten Gang seines Mittagsmahls. Dabei sah er dem appetitlichen Sterben des Hauptgerichts zu: einer noch lebenden Forelle, die der Spieß pedantisch drehte. Als der Fisch, soweit es Rükkengräte und Tischgrill erlaubten, sich ein letztes Mal bäumte – die Augen wurden glasig, bevor sie zerliefen –, stellte der Diener das Päckchen zu Schälchen und Plättchen und Stäbchen.

Talisker beendete sein Frühstück. Mr. Thimble hatte drei Tische entfernt Platz genommen und schaufelte manisch *scrambled eggs* in sich rein. Ohne einen weiteren Blick auf ihn, begab sich Talisker zurück in sein Zimmer.

Die Tür stand offen. Wahrscheinlich wieder die Russin. Talisker holte schon Luft. Doch es war jemand andres: ein allzu gesichtsspitzer Mann mit Drahthaar und pedantischem Bürokratengesicht. Die Designerbrille machte es besonders fies. So eignete dem unverschämten Lächeln, mit dem er Taliskers Erscheinen quittierte, etwas verschmitzt Perverses. Daß er sich eine Zigarre angesteckt hatte, bequem auf dem fremden Bett ausgestreckt, machte es nicht besser. Dabei hob er und senkte sein, hätte Artmann es genannt, *Embonpointerl* und paffte Kringel zur Decke. Hin und wieder streifte er die Asche auf der drittels gesprungenen Untertasse eines Espressotäßchens ab, die auf der Überdecke lag. Wiederum dieses stand, den Minilöffel noch drin, auf dem Nachtschränkchen.

Am lappigen Kragen seines rosaroten, kurzärmligen Freizeithemds trug der Mann eine knallgrüne Polyesterfliege und knöchelhoch an den Füßen, die in weißen Sportsocken steckten – man sah aber nur die oberen Säume –, strahlendweiße Adidas mit seitlich den drei dunklen Streifen.

»Ich denke, Sie haben sich im Zimmer geirrt.« So Talisker, der sich weiterhin beherrschte.

»Sie *denken*? Ach, wie schön für Sie!« Der Mann kam leicht hoch, blieb in halber Liege auf den linken Unterarm gestützt. »Aber ich bin hier schon richtig.«

»Ich wüßte nicht …«

»Wir haben miteinander zu sprechen.«

»Das wäre mir neu.«

»Das i s t es Ihnen, stimmt. – Aber nein doch! Tun Sie vor Gianni Duschkin nicht so! Imgrunde ham Sie gewartet auf mich, wenn die Sache auch leider ein bißchen durcheinandergeht. Oder haben Sie unterdessen, weshalb Sie *tatsächlich* hier sind, in Erfahrung gebracht?«

Talisker schwieg. War das sein erwarteter Auftraggeber? Er zog die Zigarettenschachtel raus.

»Zum Beispiel«, sagte Duschkin, »sind Sie im falschen Hotel.«

Talisker entzündete die Kippe, zog den Rauch ein.

»Freilich nicht«, ergänzte Duschkin, »aus eigener Schuld. Allerdings hätten Sie geschickter sein können.«

»Vielleicht würden Sie sich erklären …«

»Setzen Sie sich.« Er patschte zweimal schnell aufs Bett, saß nun selber aufrecht. »Ihr Rumgestehe macht mich nervös.«

»Damit müssen Sie leben«, sagte Talisker.

Und Duschkin: »Wie Sie wollen.«

»Weshalb bin ich hier?« fragte Talisker.

Duschkin: »Und ziehen Sie die Tür zu. Das muß ja nicht jeder gleich mitbekommen.«

Talisker tat es. Konnte dadurch nicht anders, als sich, weil einfach kein Raum mehr war, doch noch zu seinem Besucher zu hocken.

»Sie haben einen Gegenspieler«, sagte Duschkin, »ist es Ihnen nicht aufgefallen? Er beobachtet Sie.«

»Mich?« – Mr. Thimble! Tatsächlich der fiel Talisker ein. »Aber doch nicht *er*!« rief er aus, als hätte Duschkin selbst den Gedanken gehabt und ihn auch ausgesprochen.

»Wie meinen?« fragte der.

Talisker wiederholte es: »Der dicke Mr. Thimble?«

»Also dick ist Ihr Gegenspieler nicht. Weder das, noch heißt er … *wie* sagten Sie? *Thimble*?« Er schnalzte. »Übrigens hat erst er Sie hergeholt, dafür sind wir alle ihm dankbar.«

Alle?

»Allein, er fuhrwerkt jetzt etwas zu sehr in unsern Interessen herum.«

Endlich ging Talisker ein Licht auf. »Könnte es sein, daß Sie von *Meissen* sprechen?«

»Sie haben es, mein deutscher Freund! Gratuliere! Denn in der Tat, so nennt er sich. *Meissen*, na jà. Natürlich heißt er ganz anders, aber das tut nichts zur Sache.« Er beugte sich leicht zur Seite, paffte nochmal, drehte den Kopf, und fragte, ganz spöttisch sein Antlitz, nämlich die Lippen getütet: »Sie *wollen* doch ein schlechter Mensch werden, oder?«

»Ich habe es vor.«

»Doch machen's sich zu leicht. Sie unterschätzen Ihr Vorhaben, lieber Mann!«

»Ich bin immerhin auf dem richtigen Weg.« Sein Innres bilanzierte flugs, wo alles schon er heute fies genug gewesen war.

»Verzeihn Sie, aber Sie lassen es entschieden an der notwendigen Aufmerksamkeit fehlen. Ein wirklich schlechter Mensch zu sein, ist schwer. Man kann sich da keinerlei ... ich sage einmal: Saumseligkeiten leisten. Sie aber sind zu spät in den Stripclub gekommen, und also ist Ihnen der Koffer entwischt ...«

Ein bißchen erschrocken sah Talisker auf.

»... jaja, der Koffer! Man hat ihn Ihnen wegschnappt. Ich habe doch recht? – Wären Sie pünktlich gewesen, hätte ihn diese Frau nicht entdeckt und schon gar nicht an Mr. Meissen weitergereicht.«

»Der hat den Koffer?!«

»Sieh an, sieh an, Sie merken was ... – Ja, hat er. Dummdas.«

»Auch die Pistole?«

»Na sehen Sie. Ich habe eine persönliche Freundin bei LEGZ DIAMOND'S. Schade um Joanne. Ist sie nicht wirklich schön? Ohne Ihre Nachlässigkeit könnte sie problemlos weiter für uns arbeiten. Und Sie, Sie hätten den Koffer genommen, noch bevor unser Freund Mr. Meissen erschien. Sie hätten ihn übrigens nach dem Foto erkannt ...«

»Foto?«

»Die Frage bleibt: Wie kriegen Sie den Koffer nun wieder? Ich habe zwar schon meinerseits versucht ... Aber schade. Sie werden wohl selbst da einbrechen müssen.«

»Einbrechen? Wo?«

»In Ihrem Zimmer.«

»Meinem *was*?«

»Kreuzwurscht. Machen Sie was aus der Situation. Setzen Sie den Mann außer Gefecht. Das wäre sowieso Ihre Verpflichtung gewesen, und zwar gleich nach Ankunft.«

»Wie soll ich ihn jetzt erkennen? Woran? – Ah richtig, dieser Thimble hat ihn gesehen.«

»Bene. Lassen Sie ihn sich beschreiben. Ich selbst hab dazu keine Lust, muß nicht für alles zuständig sein. Und folgen Sie ihm. Ich kann mir denken, er führt Sie hin.«

»*Hin*?«

»Ein Konzert ist geplant, ein unerwünschtes, *sehr* unerwünschtes Konzert. Eines, Mr. Talisker, gegen die Ordnung. Wir wünschen, daß Sie es unterbinden. Schlechte Menschen *brauchen* die Ordnung.«

»Wie soll ich das anstelln?«

»Sagt Ihnen der Name Olsen etwas?«

Talisker schüttelte den Kopf.

Duschkin schrieb eine Adresse auf. »Hier. Sehen Sie zu, daß ihm etwas passiert. Auch von dem, übrigens, lag in dem Koffer ein Bild. Jedenfalls darf er heute abend nicht auftreten können. Wie immer Sie es anstellen. – Wir haben selbstverständlich noch andere Maßnahmen im Kopf, ich nenn sie mal *Plan B*. Falls Sie abermals versagen. ... – Sie haben schon einmal getötet? Nein? – Ah, mehrfach sogar?«

In Taliskers Antlitz kurzes Gezuck.

»Verzeihen Sie, ein Scherzchen. Aber Sie sind ja noch jung. Hätten sich als Legionär melden können. Die suchen Leute bei Outsource immer. – Ein kleiner Einsatz im Kosovo?« Er keckerte boshaft.

»Tut mir leid«, sagte Talisker. Der Typ war einfach nur bizarr.

»Schon gut«, machte Duschkin und schnalzte dreivier

Mal. »Sie können sich ja jetzt beweisen. – Ihr Honorar hat übrigens auch er.«

»Im Koffer?«

»Im Koffer. Sie werden Mr. Meissen im *Star Hotel* finden, 30th St. Ach so: *Meissen*, das sollte später einmal Ihr eigner ... wie sagt man? *Künstlername* werden. Und, um es zu wiederholen: Es ist Ihr Zimmer, das der Mann bewohnt. Dort übrigens nennt auch er sich Talisker, Ihr Mr. Meissen. Ja, er benutzt Ihren Namen. Das ist geschickt von ihm. – Wir haben es in Erfahrung gebracht, weil das Zimmer auf ›Talisker‹ vorbestellt wurde. Aber ich für meinen Teil empfehle mich jetzt.« Womit er weg war.

Ohne daß er gegangen wäre. Und auch wenn Talisker unversehens völlig allein auf dem Bett saß, verschmauchte stinkend dennoch Duschkins Zigarrenstumpf auf dem angesplitterten Untertäßchen.

War es ein Zufall, daß ich an diesem Tag so viele Menschen Musik machen sah? Ständig pfiff und sang es hinter mir her, ob mittags in meiner *East Corner Wonton Tavern*, ob nachmittags im *Shakespeare Garden* des Central Parks, wo sich eine ganze Gruppe von Obdachlosen auf einer Wiese zu Gesualdochorälen zusammenfand. Auch sonst saßen überall Leute herum, die nicht vorhandene Tschinellen aufeinanderschlugen oder zwischen ihren Beinen ein unsichtbares Cello hielten; eine Asiatin hatte sogar einen Hocker mitten auf die Straße gestellt, kauerte vorgebeugt drauf und hieb in Tasten, die es nicht gab. Was Straßenmusikanten anbetraf und die Musikstudenten, die sich in den Gängen der Subway ihre Bakschischs verdienten, so wollte es mir scheinen, als probten alle dasselbe Stück. Die Beobachtung machte mich durchaus nervös; ich wußte einfach nicht: Bildest du dir das ein? In jedem Falle schien sich ein subkutanes Stadtnetz zusammenzuziehen, Adern und Venen aus Hunderten miteinander verknüpften Seelen. – Nicht alle Bewohner Manhattans merkten das, und alle sollten es auch nicht merken,

jedenfalls nicht das Ausmaß dieser, falls sie sich so nennen ließ, Verschwörung. Doch eine solche war in Gang. Offenbar fokussierten sich die *outlaws* auf ein gemeinsames, besonders denen Lust verheißendes Ziel, an denen Rudy Giulianis *Quality of life Campaign* nicht nur achtlos vorbeiging, sondern deren unregulierte Leben von der Disneyfizierung suizidiert werden sollten.

Selbstverständlich, die Stadtverwaltung hatte Wind bekommen. Bryan Henry, Sergeant der Metropolitan Transit Police, hatte seine Trupps bereits am frühen Morgen in Alarmbereitschaft versetzt. Jemand hatte ihm, gegen ein Breakfast bei Mile's, den Tip zugespielt, am Abend werde es hier etwas geben. Er hatte sofort Meldung gemacht und die in solchen Belangen ohnedies ordnungssensible City Hall für Vorkehrungen gesorgt, die hätten, wäre es zu gleich welcherart Unruhen gekommen, diese bereits in ihrem Keimen zertreten. Man hielt nach bewaffneten Rowdys Ausschau, nach Zusammenrottungen Schwarzer, maskierten Jugendlichen. Nach Musikern indessen nicht. Die allerdings saßen überall rum, eingemummt bis zur Nase, in Lumpen oder von Plastikplanen vor Verkühlung geschützt, und konzentrierten sich auf Dominanten und Subdominanten, Seiten-

themen und dreigestrichene C's. Diese Bedrohung konnte auch jedermann hören, sie sirrte in den Straßen und wurde von Schaltkästen ab- und weitergestrahlt. Aber man kam nicht drauf, daß es *das* war. Die Behörden dachten an Aufruhr Vandalen Revolten. Und zogen um Grand Central Station die Truppen zusammen.

Talisker zögerte nicht lange. Ging nach Mr. Thimble fragen. Doch erübrigte es sich; der war im Speiseraum hocken geblieben.

»Dieser Freund von mir ...«

»Mr. Fred?«

»Mr. Meissen, wie sieht der jetzt eigentlich aus? Hab ihn lange nicht gesehen. Hat er noch die Glenn-Ford-Frisur?«

Dann geradewegs zum *Star Hotel*.

Dort hatte man schon angefangen, das Dach aufzuschlagen. Über dem Windschutz des Öffentlichen Telefons und dem Eingang wurde die Markise von der Hauswand montiert. Eigentlich gab es auf eine nun ehemalige Pension keinen anderen Hinweis mehr als den handbeschrifteten Zettel innen an der Scheibe des vergitterten Türfensters: *Closed, No Vacancies.*

Talisker klingelte nicht, sondern mietete sich gegenüber im *Manhattan Inn* ein. Beeilte sich, im *Herald Square Hotel* auszuchecken. Als er seinen Koffer holte, stand berrreits die Russin berrreit. Der Fahrstuhl war noch nicht gekommen, da huschte sie schon mit Staubfeudel Eimer Donuts ins Zimmer. Unmittelbar darauf war der hypomane *TV*-Ton zu hören. Und die Liftklingel schellte.

Talisker verstaute seine Sachen im *Manhattan Inn* und bezog seinen Posten hinter der Scheibe. Er hatte einen Stuhl hergerückt, lehnte sich halb übers Fensterbrett vor. Brauchte nicht lange zu warten. Denn ich trat grad auf die Straße. Mr. Thimbles Beschreibung war nicht glänzend gewesen, hatte aber hingereicht. Nur daß ich keinen Anzug trug, sondern meine ältesten Jeans, einen verschmuddelten Pulli dazu. Genau so zog ich los, meine Wertsachen besser zurückgelassen. Auch den Fotoapparat; Harlem ist kein Zoo. Zumal, wer konnte mit Sicherheit sagen, auf welcher Seite des Käfigs man lebte?

Talisker fuhr in den Mantel.

Als ich um die Ecke des *THE 8TH AVENUE GOURMET MARKET* herumwar, nutzte er die Stunde – also das Hin und Her der Arbeiter und die nach wie vor von ihnen immer wieder offengelassene Tür. Da war er schon drin im *STAR HOTEL*. In dem Durcheinander achtete niemand auf ihn. – Das Direktionszimmer leer, verwaist. Hacken lehnten am Schreibtisch. Nur eine wabernde Blonde schlunzte übern Gang. Hinten fiel Bratfett von ihr ab.

»Mr. Talisker wohnt wo?«

Vom Wasserstoffsuperoxyd das Haar ganz spröd das Gesicht von Kissenbergen verquollen. Dickroter Lippenstift gegen den rechten Nasenflügel geschmiert. – Sie schob die Unterlippe vor, stöhnte Talisker fettig die Richtung und verschwand im Klo.

Ein Tritt genügte, um die Zunge aus dem Schloß zu brechen. Hinter sich lehnte Talisker die Tür wieder an. Dann ließ er sich Zeit.

Ich hatte anfangs das Gefühl, daß jemand mir folgte. Drehte mich paarmal um. Doch da humpelte bloß ein Asphaltcowboy: Dustin Hoffmans frühe Jahre. Ferner waren eine Tunte zu sehen, deren rechter Unterarm ihr paillettenglitzerndes Täschlein schwang, und mehrere Touristen mit Koffern. Eine Zeitlang ging ich einer Frau hinterher, deren Modegefühl ganz sicher englische Ahnen hatte. Zu einem grünen Rock trug sie ein violettes Damenjackett, rechts drückte sie eine rosa Aktentasche an die Taille. Die Unterschenkel, bis zu den Knien, steckten in weißen Mädchenstrümpfen, in gelben Turnschuhen ihrerseits die. Nur war es eben kein Mädchen, sondern mindestens vierzig die Frau. Dennoch, so tänzelte sie, ja tändelte die elegante weite Freitreppe hoch, die zur Säulenfront und in das Belle-Epoque-Interieur des Post Office führte.

Derweil ich zur Subway weiterschritt, folgte ich ihr in Gedanken: Artdeco-Lampen unter der bemalten Holzdecke und die Schalterrahmen verziert. Man bekam von Manhattan einen ganz anderen Eindruck, wenn man *in* die Gebäude hineintrat. Sie vollendeten ihre Repräsentanz unter Dächern, oft aus Glas – architektonische Folge der Galerien-Idee. Das aber nicht nur in den marmor-manieristischen Wolkenkratzer-Entrées, die voller Stukkaturen sind; Knäufe blitzen; Fahrstuhlkörbe schweben durch Tausendundeine Techniknacht oder sich byzantinisch inszenierende Romantizismen; 5th Ave südlich von Harlem. Nach der Sanierung der Arbeitergegend im Osten genauso und sowieso hüben wie drüben am Central Park East, Central Park West. Aber es ist kein architektonischer Schock, aus dem verrufenen Barrio in die anschließenden Schönen Quartiere zu kommen. Denn wer die Wohnboulevards entlangflaniert, den begleiten lange diskretere Fassaden.

Ich passierte den Glaskasten der *MTA*. Eine ratter- und scheppergeborene Persephone hockte, massiv aus subterranen Miasmen gewachsen, in ihrem Dunkel. Trotz ihrer Schwärze war sie pigmentlos. Sei es unwirsch, sei's traurig, jedenfalls blickte sie, wenn sie ein Ticket herausgab, nicht auf. Ich brauchte allerdings keins, zog die Metrocard durch den Schlitz; das Metallkreuz drehte sich schräg über die Oberschenkel. Schon krachte schallend Metall die silberne

Subway Schleifen gleich schabendem Pfeifen. Dann der Signalton. Mit Rattern die Türen des Expreßzuges auf. Lautsprecherblech. Die Türen schlugen zu. Paar Leute vorgebeugt unter Walkmanhörern wie Mickeymausohren, fußwippend stiefeltapp, akustisch ausgesperrt vom Rhythmus des Ratterns und sonst'gem Radau. Dann wieder feindliche Blicke. Kein Lachen im müden Gesicht. Ich erkannte eine der Tänzerinnen, Jackie, glaub ich, nun fast rituell-ernst mit ihren großen Kinderaugen. Oder war es Clarissa, Thimbles Frau? Einbildung, klar. So schön wie gestern nacht war sie jetzt nicht mehr. Obwohl grad beim Friseur gewesen. Die aufgesetzte Sattelnase, Sommersprossen, seltsam farblose Augenbrauen. Halstuch-Ensemble: Seidentuch schwarz, Blüten drauf rot, darunter grün verschlungene Blätter. Mit welcher Sorgsamkeit das arrangiert worden war! Ich grüßte, mein Lächeln verzerrte ihr das Gesicht. Schon der kleinste Flirt konnte als Übergriff gelten. Das machte Weiße so unattraktiv. Columbus Circle. Die Stripperin verließ die Bahn. Ich sah ihr momentlang nach. Dann ratterte der Zug in seinem unterirdischen Schacht den Rand des vier Kilometer langen Central Parks lang. Die Nordseite Harlem der See mit paar Enten. Hügelige Grünanlage Scheinnatur die wie eingewobenen Wege asphaltiert. Ach, wie schade! man hielt die Erde für Schmutz. Immerhin wisperten Dealer und standen sich, zum Staunen unauffällig präsent, die Beine ins Gebüsch. Körbe voller Kirschblüten wurden, wie Schnee, über berittene Polizisten gekippt, flockten auf sie und die Pferdeleiber hinab. Die Dauerläufer auf dem Drive sausten hier alle mit Kopfhörern rum. Jemand trug, wie ein Geweih, eine komplette Antennenanlage im Haar. Hinter ihrem dreirädrigen Kinderwagen joggte eine weiße Mutti her: frühe Michael-Andretti-Prägung, Babyformel 1. Und längs über die Kronen der Bäume hinweg, neugierig arroganten Riesen gleich, schauten von beiden Seiten ins Grün Türme und Zinnen und Spitzen bizarrer prunkvoller Hausgestalten. Frisch gemäht rochen die Wiesen, ein ganz enormes Grün leuchtete zu den öden Towers zurück, die Martin Luthers Königsnamen trugen. Glück hatte wer dort wohnte Pech. Im Pelz eine elegante Brünette. *So funny*!: den Chihuahua an ihre rechte Hand geleint, an ihrer Linken eine Dogge. Was ein riesiges Vieh! – Als sie mich anschaute, der ich downtown weiter meines Parkweges zog, mußte sie selber lächeln. Erneut in der Subway und hinauf. Ich ging nicht spazieren im Central Park. Schlechter Atem Metallgeruch Gummi. Scharf diagonal St. Nicholas Avenue. Den durchnummerierten Vertikalpromenaden waren die Namen von Bürgerrechtlern verliehen: Malcolm X., Adam Clayton Powell jr. – Ich verwarf die Idee, zur Kathedrale zu schauen. Sie erhob sich an der 110th St westlich Morningside Park. Auf dessen Höhe, vier Straßen weiter, Columbia University und das Denkmal Carl Schurzens. Steil blickte man über die schroffe Klippenmauer hinunter zur Straße. Streifenhörnchen spielten und jagten einander an den Treppen und der Felsquaderwand. Morgens verwirbelte sich Atem dampfig in Kühle. Eines Tages wäre St. John the Divine die größte Kathedrale der Welt, Notre Dame überspannend Chartres Köln Barcelona …

Der A-Train hielt sowieso erst 125th St, Sitz des legendären *APOLLO*-Theaters. Ella Fitzgerald und Dizzy Gillespie wurzelten hier, heute noch finden begeisternde Jamsessions statt. Weiter werden Genies entdeckt und Schwarze grundlos niedergeschossen. Die Straße selbst mittlerweile saniertes Einkaufsgebiet. *PORTA BELGA JIMMY JAZZ.* Kaum ein Haus höher als vier Stockwerke, jedes ein Kasten, dann Säulchen ein Dachfirst. Gegenüber allsonntags ein Dieter Hall, der gefällige Bildchen auf heruntergelassene Blechrollos malte und sprühte. Das versöhnte mit den Wilden sogar Polizei und lockte weiße Fotojäger, für die Black Harlem ja ohnedies Zoo war. Sonntags freilich ist das Gewimmel nicht da. Statt dessen lassen sich die Damen vormittags in weißen Spitzen sehen, im buntschönsten Anzug die Herren. Den ganzen Tag über Messen. Es klingen Gesänge aus jeder Church. *Gesänge*? Lodern von Stimmen und Rhythmen! Ein gutturaler Lebensjubel.

Ich schlenderte, was suchte ich?

Die Fenster in einigen Seitenstraßen mit Brettern zugenagelt und in die Türen Wände gemauert. Rote Feuerleitern an Brownstones, verrostete Feuerleitern in eckig grauen Beton montiert. Im Norden sah man Mietshochhäuser. Die standen direkt am Harlem River, der trennte Manhattan von der Bronx. Komisch, es gab Taxis nicht mehr. – Dann bemerkte ich sie doch. Sahen anders aus hier, nicht mehr gelb: bloß ein hinter die Windschutzscheibe geklemmtes Schild zeigten sie an. Man muß einen Blick dafür kriegen.

Im Wind- und Regenschatten eines Geschäftes hockte zwischen ihren Mülltüten eine greise Frau. Stieß mit dem Regenschirm unterm Tisch etwas weg, fehlgeleitet aggressiv. Sie schaute wütend zu mir hoch. Blutunterlaufene Augen. Viele Schwarze haben im Augenweiß solch verwischtrote Streifen. Aber die Frau brabbelte nicht, nein – auch sie sang! Doch bewegte nicht die Lippen, ja überhaupt keinen Muskel in ihrem Gesicht, schaute durch mich schon wieder hindurch, als gäbe ihr von hinter mir jemand den Einsatz. In irgendeinem der verfallenen Häuser stand nämlich er, Jens Olsen, und dirigierte, in der Rechten das Stäbchen, zwischen geborstene Scheiben hindurch.

Die Stufen einer hinauf zum Hochparterre führenden Treppe – die meisten Wohnbereiche begannen so – waren eingebrochen, Knochen und Katzenfutter drauf ausgelegt. Den Geschäften die Straßen entlang nahm die Farbfülle ihrer Holzlackierung fast alle Trübsinnigkeit. Rasterlinien einer Reihe, Feuerleitern in Konjunktion. Zahllose Gängchen hinter geöffneten Türen. Plötzlich seitlich entzückend renovierte Brownstonezeilen, deren Feuerleitern blau.

TENANTS AND THEIR GUESTS ONLY

Kinder rannten kreischend aus einem der Gebäude. Eine nächste Zeile verwahrloster Mietsbauten schloß sich an. Auch verbrettert und zugemauert. Noch standen Emporen und Säulen im Eingang. Doch verfielen mit allem anderen auch. Kann ein Hausherr seine Steuer nicht zahlen, verschließt die Stadtverwaltung das Gebäude. Es wird kurzerhand unzugänglich gemacht. Gelingt es dann dem Schuldner nicht, den Fehlbetrag innert fünf Jahren zusammenzubringen, fällt die Liegenschaft an die Stadt. Nicht selten bleibt nur Versicherungsbetrug. Deshalb gleichen Straßenzüge oft fehlerhaften Gebissen. Die Zahnlücken stammen von den Bränden. Davor in den Brachen werden unbefugt bisweilen Gärtchen angelegt, einfach vom Nachbarn. Aber so hat man Tomaten Gurken Bohnen.

Ein niederes Gitter, dahinter ein Einkaufswagen. Pappkartons Kästen. Zwei Rabatten und Tulpen sowie hellstgrün das Laub eines Baums. Meistens daneben eine Kapelle. Jemand nagelt ein Kreuz an die Tür. In seinem Wohnzimmer fängt er Freunden zu predigen an. Das spricht sich herum. Wen der Zeigefinger Gottes berührt, der muß keine

Ausbildung haben. Predigt er gut, füllt sich der Raum auch mit entferntren Bekannten. Schon stehen Fremde vor der Tür. Dann wird er nicht selten bald umziehen müssen. Denn Spendengelder fließen plötzlich. Entertainment Religion.

Erneut ein zusammengekrachtes Mietshaus. Zugemauert dieses genauso. THE HIGHWAY FAITH APOSTOLIC CHURCH ist gleichfalls zugemauert worden und eine Grabesinschrift ins rechte untere Fenster gelehnt. Graffiti weiß auf der Tür, rohe Bretter über den Fenstern. Mit Verstärkungsbalken quer.

In diesen Menschen gibt es einen sichtbaren Stolz; noch wer keine Arbeit hatte, saß selbstgewiß auf den Halbparterretreppen. An einer Straßenecke standen am Bordstein Tisch und Stühle, die Männer spielten Domino: Auf die Platte krachten die Steine. **AMERICA OUT OF AFRICA** Karibik aufgebrochene Muscheln mit Zitronenschnetzeln gereicht aus der Schale geschlürft. Entdachte Krebse. Köstliches rotes Gehirn. Markisen Kleider Stoffe. Niemand trägt sich so elegant, wie Farbige es können. Richtung Osten unter der Hochbahn zwischen Drahtzaun und Straßenrand ein Flohmarkt für ausgediente Radios Cassetten Klamotten: prü-

fend hielt eine Frau das ausgewaschene Top ins Licht, derweil mir eine andere Schwarze auf dem Skateboard entgegenfuhr und dabei drahtlos lachend telefonierte. Wie blitzten ihre Zähne! Diese Glut in den Augen!

Was such ich? – Ach ja, ach d a ! ! : das Haus.

Aufgelassen stand es seltsam vereinzelt am T-Kreuzungsende zweier *Loser's Rows.* Eine rote Steintreppe stieg zum vormals strahlend weißen Eingang des halben Parterres an. Die Fenster der vier Stockwerke verbrettert, der Dachstock sogar weggerissen. Möglicherweise ausgebrannt. Rechts daneben ein anderthalbstöckiger Zweckbau, vielleicht Lager, Büro vielleicht, und weiter links langte ein scheußliches Fabrikhaus zum Himmel.

Interessiert blieb ich stehen. Hatte abermals das Gefühl, verfolgt zu sein. Was das so widerwärtig machte, war, daß ich auf dieser Straße allein war. Niemand ließ sich blicken, nicht einmal Kinder, kein Auto; auch zu hören war geradezu nichts. Wenn ich beobachtet wurde, dann von hinter Scheiben Gardinen. Wie Hagel prasselten die Blicke, dacht ich, mir auf Haut.

Ich stand und stand. Und endlich gab es Bewegung. Ein Cadillac glitt an das widerspenstige Haus heran. Ein ziemlich eleganter Weißer stieg aus. Er trug einen Lodenmantel und Pelzkappe. Schritt die roten Stufen hinauf. Hatte eine blaurot gestreifte Ledertasche bei sich. Die trug er nicht, er *schleppte*. – Klopfte. Klopfte noch mal.

Maestro Chopstick öffnete ihm

Vorsichtig drückte der Gast die widerstrebende Tür hinter sich zu.

»Sehen Sie«, sagte er, »ich halte mein Versprechen. *Beide* Versprechen.«

»Hier herum … bitte«, begrüßte Olsen ihn warm.

Etwas vorgebeugt ging der bewegungsbehinderte alte Mann dem Architekten voraus. Das Haus war von der Stromversorgung abgeschnitten, imgrunde lebte Olsen widerrechtlich darin. Aber die Polizisten der Gegend drückten die Augen zu.

Es hatte lange gebraucht, bis die Schwarzen den weißen Kauz akzeptierten. Man hatte ihn anfangs gequält, es waren nicht nur Bubenstreiche gewesen. Die Fenster eingeschmissen, immer wieder eingebrochen, Bratschen Geigen Oboen zertreten. Sondern schweigend ausgeschlossen, das war das schlimmste, selbst wenn er nur in den Supermarkt kam. Er war auch tätlich angegriffen worden. Hatte das einmal, fast resigniert, ›Die Hölle von Harlem‹ genannt, aber durchgehalten. Er war nicht geflüchtet, nein. Starrköpfig hatte er jeden Tag aufs neue den Kontakt gesucht.

Die Kinder kamen als erste. Noch galt der zähe Mann als schrullig verrückt. Dann als fast schon gesegnet. Man begann ihn zu verehren, nur heimlich zu Beginn. Von Nachbar zu Nachbar steckte sich das an. Schließlich hätte man, wäre es drauf angekommen, zu seinem Schutz Bürgerwehren gegründet. Davon ahnte er nichts. Aber als er seine Behausung aufgeben mußte, damals, in der Nähe des gänzlich verwahrlosten Powell Boulevards, worin er sich nach all den Monaten vor dem Lincoln Center festgesetzt hatte, als dieses Haus langsam, aber sicher in sich zusammengestürzt war, da hatten sie ihn, der sich weiter drin verschanzte, aus den Trümmern sozusagen geschält und – vier trugen ihn, einer sein bißchen Zeug, die anderen die Musikinstrumente – hierhergebracht. Daß die neue Unterkunft keinem von denen gehörte, versteht sich. Auf sowas kommt es auch gar nicht an. Kein Wunder also, daß Olsen später, als der für sein christliches Selbst gerühmte Chemiemogul Weymor auf ihn zugekommen war, ihm eine musikalische Hauslehrerstelle nebst Unterkunft in der Besitzung auf den Hamptons anzutragen, das Ansinnen abschlägig beschied. Statt dessen hielt er sich nun mit einem Unterricht über Wasser, den er den schwarzen Kindern erteilte; für die Musikinstrumente kamen die Kirchen auf, und er selbst wurde von den Familien ernährt. Mit aller Distanz, freilich, die sich dennoch gegen einen, der weiß ist, erheischt. Allmählich war dann aus den sich zunehmend professionalisierenden Spielern ein Jugendorchester geformt, das bei Gottesdiensten und an Festtagen in erstaunlichen Klangfarben strahlte.

Jemand schrieb einen Artikel darüber.

Eine erste Radiosendung wurde aufgenommen. Dafür wurde ein Name gebraucht. Basisdemokratisch stimmten sie ab. *Harlem Young Black Orchestra*.

Den jungen Sinfonikern und ihrem Maestro wurde ein Auftritt in der Carnegie Hall angeboten, was ein großer Erfolg, doch finanziell ein Desaster war. Also warb Olsen um Mäzene. Die Teilnahme an einer Talkshow lehnte er allerdings ab: In einer Sendung, die *Rag to Riches* genannt war, könne er schwerlich als Vorbild gemeint sein. – Das machte Furore. Unentwegt wurde er interviewt. Aber nicht nur die notorischen Eßstäbchen irritierten die Leute – und verletzten, was ihnen kaum zu verdenken war, berühmtere Kollegen –, sondern oft unterbrach er seine Konzerte, riß den musikalischen Fluß einfach ab, drehte sich herum und erklärte dem Publikum Phrasierungen, glaubte, die Hörer aufmerksam machen zu müssen auf leicht überlauschbare Stellen, oder er schwärmte von diesem und jenem Einfall, den der Komponist gehabt … und als sich andere Orchesterleiter interessiert zeigten, mit den jungen Schwarzen Programme zu erarbeiten, zudem es immer öfter zu weit entfernten Gastkonzerten kam, so daß die Gebrechen den alten Mann dran teilzunehmen hinderten – vielleicht auch gab er sie nur vor –, und weil Kinder jugendlich werden und Jugendliche erwachsen, weil, kurz, neue Kinder und wieder neue ins *HYBO* nachwuchsen, war Olsens Bedeutung bald zwar Legende, aber immer seltener stand der Mann seinem Orchester tatsächlich noch vor. Längst widmeten ihm Meyer Kupferman, Lucas Foss und Phil Glass Kompositionen, längst hatten es Wyn Morris, Gary Bertini, der junge Sinopoli ihren engen Terminkalendern eingefügt. Schließlich ging dem Musikbetrieb selbst Olsens Name vergessen. Er hatte ohnedies immer ein bißchen *misfits* geklungen.

Idahoe S. Neill, der Gast, war aber ebensowenig gelitten. Man hatte ihn sogar aus der Architectual League gefeuert. Doch hatte er, anders als Olsen, geerbt. So daß man ihn zwar hassen, aber nicht auslachen konnte. Auch wenn seine Lebensidee mindestens so, um es affirmativ zu sagen, ridikül war wie Olsens Eßstäbchenführung.

Die beiden hatten sich bei Weymor kennengelernt. Der hatte vor knapp einem Jahr fast das gesamte Obergeschoß in Turm I des World Trade Centers gemietet und zum Geburtstag seiner Tochter ein Fest ausgerichtet. Nur daß man diese Tochter nicht sah. Sie stand mit einer Freundin in der abgetrennten »best bar on earth« und amüsierte sich, durch die Einwegscheibe blickend, über die vom Vater geladenen Idioten. Neben Olsen etwa stand mitten in *Windows on the World* Charles F. Krill und dozierte ununterbrechbar in einer von ihm erfundenen und auch nur ihm selbst verständlichen Sprache auf den armen Maestro nieder. Reverend Haslip war vertreten, der einige Zeit als Mitglied des Kongresses die Indizierung Donald Ducks betrieb: Dessen Anarchismus indoktriniere die Jugend.

Zu den Gästen gehörte selbstverständlich Karl S. Fisher. Er erklärte soeben den Damen die Statuten seines Institutes zur Abschaffung der sexuellen Fortpflanzung. Soviel sie verstanden, sah der gottesfürchtige Mann das Seelenheil der Föten durch den kopulativen Abgang von Körpersekreten gefährdet – »Suppe des Teufels!« spuckte er sie gleichsam die einhundertsieben Stockwerke nach White Hall hinab. Des weiteren war Jenny Mauritz da, die strafrechtlich und unentwegt gegen Direktoren auch ausländischer Tabakfirmen vorging, weil das genetische Material ihrer Mutter, einer schweren Raucherin, für die Tochter keine Brüste vorgesehen hatte. George Washington VII. wiederum war wegen der größten Seifenkiste der Welt ins *Guinness Buch der Rekorde* gekommen: achtundzwanzig Kinder fanden allein auf dem Fahrersitz Platz. Und zu ihren Füßen suchte Patti Mary, »The Holy Mary of Pop«, eine ihrer Kontaktlinsen; so kroch sie, der *Christian Butterflies* führende Stimme, nun nicht zum Beten auf Knien herum. Sie hatte sie sich – nein, nicht die Knie – nach einem Auftritt in Rom vor einigen Monaten vom Papst weihen lassen.

Es waren Schwergewichtler aus Liliput und der Wrestler Old Cock Murdock erschienen, der sich neulich, weil es keine sonstigen Gegner mehr gab, seiner eigenen Herausforderung gestellt hatte, doch in dem Zweikampf mit sich selbst in der achten Runde *K.O.* gegangen und nun nicht mehr Weltmeister war. Und auch Susan B-Boy Susan chillte herum, »Californias schönster Kußmund« genannt, für den Michael Jackson *Suck Machine* schrieb.

Durch die Beine all dieser Menschen rannten lauter kreischende und johlende Vierjährige, die Weymor ihren elenden Eltern aus der Loisiada, Lower East Side, gegen Handgeld weggeliehen hatte und mit Schokoladen vollstopfen ließ, die sie überall verschmierten. Sowie war Idahoe Neill dagewesen. Der hatte einst öffentlich vertreten, Manhattan brauche ein Gegengewicht; es sei zu hoch, falle sonst um. Nicht nur verbreiten müsse es sich, sondern sei entschieden zu vertiefen. So war er mit Plänen eingekommen, ein zweites, ein *Under Manhattan* zu bauen, hatte Kollegen und Stadtplanungsämter mit immer neuen Invektiven geplagt. Paläste unterm Asphalt schwebten ihm vor dem geistigen Auge, ins Spiegelbild konstruierte Wolkenkratzer. Flüsse wollte er zu Füßen der von ihm so genannten *MANHATTAN FALLS* entstehen lassen, welche über Hunderte Meter aus Stadtmitte nach Stadtmitte hinauffallen sollten. Er hatte der Innung den Vorschlag auf den Magen gelegt, eine hauchdünne Schicht unter New York zu ziehen, nicht gradflächig, sondern unter Berücksichtigung der unterirdischen Infrastruktur. Problematisch war bloß, daß sich, symmetrisch gedacht, *UNDER MANHATTAN* ganz in Manhattan hätte irgendwie repräsentieren müssen: Neill stellte sich überirdische U-Bahnen vor und Kanalisationshallen, die durch das Coliseum geführt werden müßten. »Nicht Mast nur, auch Kielgang« war die Devise, die ihm Reputation und Klienten vertrieb. Man kam nicht umhin, erste Mitarbeiter zu entlassen, schon saß er ganz alleine da, zeichnend ritzend berechnend. – Er ließ nicht nach, würde Kollegen und Welt beweisen, wie möglich dieses Projekt, das ja nötig war, war. Verschwand dann. Verschwand freilich nicht, zeigte sich nur nicht mehr öffentlich. Tauchte, im Wortsinn, unter. Bisweilen witzelte die Szene, er habe begonnen, einen Tiefenkratzer zu bauen. Es ging die Kollegenhäme um, neulich habe man unterm Marmorboden von Trump Tower 57th St, Midtown, einen ersten Spatenstich in die Decke gehört. Nun suchte Neill, so erzählte er Olsen auf dem Fest, Künstler. Die sollten *Under Manhattans* Hallen mit Blattgold belegen, und vermittels einer Farbe, die das Licht, unter welchem sie erstrahle, erst erzeugt, Fresken in die Decken pinseln.

Olsen hatte aufmerksam zugehört. Die beiden Männer fanden schnell zueinander. Auch wenn der Maestro an der Realität des unterstädtischen Projekts ein bißchen zweifelte, so besaß es doch die Poesie einer starken künstlerischen Vision. Und er hatte den Architekten gefragt: »Haben Sie auch an einen Konzertsaal gedacht?«

Nun schritt der utopische Mann im Flur des sanierungsfälligen Hauses hinter dem ungleich schwächeren Musiker her, den aber die Not, die ihn beugte, hatte trotzdem nicht um seine eigene Vision bringen können. Neill war schon deshalb entschlossen, den Maestro zum ersten Ehrenbürger *Under Manhattans* und außerdem berühmt zu machen, er mochte sich wehren, wie er nur wollte.

Sie betraten den Wohnraum. Es roch nach Staub und Feuchtigkeit.

Neill stellte die schwere Tasche ab. Es klirrte drinnen wie von Metall. Ein Propangasheizer stand mitten im Zimmer. Daneben der Sessel mit Plaid, in das Olsen bis vor kurzem gewickelt war. Auf einem Hocker eine Partitur und auf der ein Eßstäbchen. Keine Regale an den Wänden, die Bücher waren zu Türmen gestapelt. Couch mit Tagesdecke, am Boden Teppichflicken. Das blitzeblanke Klavier Notenständer eine Posaune Stativ. Vor einer Wand der aufgeklappte

Tapetentisch lag voll. Es blakten dreivier Petroleumlampen. Durch das verbretterte Fenster ließ sich nicht schauen.

»Hier«, Olsen wies auf den Tapetentisch, »hier ist Platz, Mr. Neill.«

Der breitete nun über Noten Zeitschriften Stiften und Stößen aus Papier die Pause eines Gebäudeplans. »Können Sie etwas mehr Licht machen, bitte?«

»O Licht, sicher«, die Situation war Olsen peinlich, »wir brauchen ja Licht!« Er entzündete den Docht einer weiteren Kerze. »Sie müssen verzeihen, aber der Strom ist zur Zeit …«

»Sie dürfen so nicht leben, Maestro. Ein großer Künstler darf so nicht leben!«

»Ach wissen Sie«, sagte Olsen.

Neill legte einen manikürten Zeigefinger auf die linke obere Seite des Plans und beschrieb einen Kreis. »Das wird Ihr Konzertpalast.«

»Ich brauche keinen Palast, nur einen Saal.«

»Was immer Sie wollen. Auch ein Aufnahmestudio.«

»O bitte nicht. Keine Aufnahmen. Und keine Fotografien. Nichts als den direkten Moment.«

Der Architekt, schon berufshalber statisch, guckte den Musiker an.

»Die Zeit ist w i c h t i g, Mr. Neill. Was wäre sie, wenn sie nicht verginge? Musik muß ver g e h e n, Mr. Neill.«

Der schwieg. Sah auf den Plan. Nickte. Er verstand aber nicht, sondern träumte von einem Broadway Under Broadway, denn er liebte die Shows. Wenn aber dieser Olsen so dachte, wie er es tat, dann, dachte Neill, gehört es eben dazu. Das muß man achten. Er würde Wege und Mittel finden, die unvorteilhafte Bescheidenheit des Freundes äußerst respektvoll zu konterkarieren. »Leider«, sagte er und zeigte hierhin und dahin, »sind wir wirklich noch nicht ganz fertig geworden. Kann ich Sie nicht doch überreden, das Konzert ein wenig zu verschieben?«

»Eher spielen wir im Condo.«

Neill hatte es nicht leicht gehabt, Olsen von dieser Idee abzubringen. Es gab unter Bryant Park – einem der wun-

derbarsten Erholungsflecken in Midtown, der Rasen zwischen den Gehsteigen tiefer gelegt inmitten der konkaven Glasfassaden und den sich narzißtisch drin spiegelnden grauweißen hellbraunen Gründerzeitriesen hinter der Public Library West 42nd und 5th Ave; wenn die Sonne schien, standen Hunderte Stühle auf der Wiese und Hunderte Angestellte in Anzug oder Kostüm ließen sich wärmen, derweil sie auf den Knien ihre Essen verspeisten und das Rauschen all der ahornblättrigen Platanen genossen, weil sie nicht wußten, was unter ihnen sich auftat – … – gab nämlich drunter eine natürliche Höhle. Mehr als zweihundert Obdachlose lebten in ihr. Man bekam Trinkwasser aus Sprinkleranlagen, und Glühbirnen ließen sich in die längs der Kanalschächte verlegten elektrischen Leitungen drehen. – Als Olsen davon hörte, war ihm sofort ein Konzert in den Ohren geklungen. Die ganze Erde Manhattans hatte gesungen.

»Und die Schlüssel?« fragte er jetzt.

Der Architekt ging zurück, bückte sich, zippte die blaurote Tasche auf, holte ein Pappkästchen heraus. »Das sind sie doch?« fragte er, indem er es öffnete.

Olsen beugte sich vor. »Lassen Sie mich sehen.«

Neill reichte ihm einen der Vierkantschlüssel.

»Wieviele sind es insgesamt?« fragte Olsen.

Neill, mit Blick auf die Tasche: »Fünfhundert habe ich gekriegt. Reicht Ihnen das?«

»O gewiß! Sie ahnen nicht, wie Sie uns helfen!«

»Maestro, das ist das wenigste.« Er sah auf die Uhr. »Dann will ich mal wieder«, sagte er.

»Sie kommen«, fragte Olsen, »heute abend auch?«

»Wie können Sie zweifeln?! Also Grand Central Station, unten bei der Subway. Und sollte etwas dazwischenkommen, nun, Sie wissen schon.«

»Auf Wiedersehen, Mr. Neill.«

Kaum war der Visionär in den Wagen gestiegen und fortgefahren, kamen, aber von hinten, die nächsten Besucher ans Haus. Talisker konnte sie nicht sehen. Trotzdem wartete er momentlang ab. Aufgrund der Anschrift, die ihm Duschkin gegeben, hatte er sich gleichfalls nach Harlem verfügt. Und sah mich noch um die Ecke biegen, aber entschloß sich, den anderen Auftrag vorzuziehen. Aber da hatte es schon an die niedrige Tür gepocht eines Hinterhofs, auf dem aus unvordenklichen Zeiten überquellende Tonnen und aufgetürmtes Gerümpel der städtischen Müllabfuhr harrten. Fünf abgerissene Leute, vier von ihnen farbig, traten ein. Blieben indessen nicht lange. Talisker atmete erleichtert auf, als sie, nämlich zur Vordertür, wieder herauskamen. Mit denen auf einmal wäre er kaum fertiggeworden. Vielleicht wohnten die da drinnen und noch andere vielleicht auch. Er wurde unsicher.

Die fünfe waren es nicht, wußten, was zu tun war. Jeder die Taschen voll Schlüssel gestopft. Schon nach der elften, letzten, Stufe teilten sie sich: je zwei liefen rechts und links ab, einer auf die andere Straßenseite. In Subway und Bussen trennte sich, wer noch zusammen war. Man suchte Manhattans entlegenste und innerste Gegenden auf, und allerorts wurden Schlüssel gelassen. Stumm weitergereicht von Hand zu Hand, sie fielen hinter brennenden Tonnen tief in die Säcke der Bowery und Chinatowns nach Fisch und Meerrettich riechenden Spankästen oder wurden ebenso in East Village's Grünen Afghanen verpackt wie in die Packpapiertüten des *Murray Hill Delis*, und im Financial District sprangen sie in den Taschen von Dieben. So daß sich, auch wer bislang noch keinen dieser Schlüssel zu den Notausgängen der Subway besessen, mit Einbruch des Abends unter dem Asphalt auf den Weg machen konnte. Da sich die Polizei massiv im Bahnhof zusammenzog, nahm man ohnedies lieber den Weg durch die Schächte und Kanäle. Darüber hinaus hätte im Öffentlichen Nahverkehr ein solches Aufgebot von Musikinstrumenten einen allzu außerordentlichen Eindruck gemacht, besonders nachdem im vergangenen Jahr die einschlägigen Läden nicht nur New York Citys, sondern sämtlicher näheren Städte in einem Radius, der Philadelphia Boston Albany einschloß, rigoros ausgeplündert und die klingenden Beutegüter nach Manhattan geschmuggelt worden waren, ohne bei auch nur einem der Hehler aufgetaucht zu sein. Sicher, man hätte sich schon aus der Affäre gemogelt, aber wäre Gefahr gelaufen, zumindest das erste Klopfen zu versäumen, mit dem ein Chopstick den oberen Rand des Partiturpodests trifft.

Olsen hatte sich's, in seine Decke gewickelt, erneut im Sessel bequem gemacht. Fest zog er das Plaid um die ziehenden Schenkel und griff nach Partitur und Stäbchen. Während er jene las, beschrieb dieses kleine Figuren in der Luft. Olsen brummselte, ohne doch brummseln zu können. Dennoch, er brummselte laut. Deshalb, nachdem die Freunde fort waren, hörte er Talisker nicht, der bereits durch den Hausflur schlich.

Ich hörte es ebenfalls nicht. Mich hatten Sambaklänge in Spanish Harlem hineingelockt. Dabei sah es wieder nach Regen aus. Es fielen sogar erste Tropfen. – Die Leuchtkraft der farbigen Lacke, die die niedrigen kaputten Hausfassaden verschönten, ergrauten in dem verschatteten Licht. Unentschiedene, doch kalte Böen bliesen vom East River her. Noch hatte es einen verspielten Ton, hätte wegziehen können. Aber unter den Ballen der helle Streif, den am Horizont die fernen, den Atlantik überschauenden Wolkenkratzer zackten, sprach eine bereits kompromißlose Sprache. Schon standen auch erste Schirmverkäufer an den Ecken.

Ein Junge legte seinen Kopf in den Nacken und fing mit der Zunge die Tropfen. Wär fast nach hinten umgekippt, hätte ihn nicht die rechte Hand seiner Mutter, flach gegen sein Rückgrat gedrückt, gestützt. Grad hatte ich eine karstige drahtumzäunte Brache passiert; an den knapp zwei Meter hohen Zaun war ein Seil geknüpft. Dessen Ende eine Henkersschlinge. Deutlicher kann man es nicht sagen.

Dahinter Mietshäuserwohnblocks, dunkelbraun, schäbiges Weiß, der Anstrich mit Sahne vermischt, und Tomatencatchup.

Dann endlich belebtes Gebiet. 116th St: Was Black Harlem die *125*th, das ist dem Barrio die Luis Munios Mari. Hier standen Indios Mestizen Puertoricaner vor einer zur Straße dampfenden Garküche. Burritos Blutwürste krustige Kartoffelscheiben. – Calamari.

Mit *Caballero* sprachen die Leute einander an und drängelten sich, aßen, vorgebeugt über Pappteller, tranken Fruchtsäfte. Auch die Schwarzen sprachen spanisch.

¡ La patria es valor y sacrificio !

Hinterhöfe Vorhöfe, alles in Braun. Die Mietshäuser sechsundzwanzig-, achtundzwanzigstöckig, ein Fenster depressiv nach dem andern, zwischen ihnen eingekeilt nächster verlorener Brownstone. Die spröden Feuerleitern blühten vor Rost.

Manchmal hob sich ein Haufen vom Boden und wurde ein Mensch. Humpelte weg. Huschte weg. Schlurfte weg. Dreie hielten Violinen. Andere probten hinter dem Gitter, man faßte es nicht, probten Mozart. – Ich blieb stehen, griff in die harten kalten Netze des Zauns, zog mich näher. Ein kleiner Rummelplatz, tot sah der aus. Miniaturkindergarten. Im Baum ein Kingkong aus Stroh.

Wie manchen Leuten das Essen heraushing, plötzlich: der hohle blaßweiße Hähnchenknochen zwischen den Lippen einer goldschwarzen Frau. Wie ein stumpfer verlängerter Zahn. – Ein flaches, gestrecktes Gebäude, Betonplattenmauer rundum, die ihrerseits ein nächster Zaun umgab, Gewölle aus Stacheldraht, drübergewickelt. Dahinter verlassen ein Fabrikbau, spitzgieblig gleich daneben aus Holz errichtet ein Kirchlein: gepflegte sandgelbe Latten, Eingang mit Säulchen und heller Markise.

Starke latinische Rhythmen. Schreiende Kinder und Frauen, andre weinten hinter den Türen. Wütend brüllte ein Mann, brüllte vor Not, wer kann es sagen? In der Seitenstraße baumelte ein Telefonhörer am Kabel.

Hotdog-Karren Schildaufbau. *HEBREW NATIONAL'S BEST.*

Der Regenschirm auf der Packpapiertüte. Leise klackert der Regen auf das Vergessen. Und zwischen den Wohnsilos klassizistische Türme: die Dome in der Ferne.

Helikopter darüber flogen wie Fliegen hindurch.

JESU DIJO:
YO SOY EL CAMINO
LA VERDAD Y LA VIA

Leise hatte Talisker die Tür aufgedrückt. Sie war derart verzogen, daß sie sich nicht mehr zuschließen ließ. Durch den schattigen Flur war nur Olsens Brummseln gedrungen.

Es roch nach altem Mann und dem seit Jahren erloschnen Kamin. Unter Taliskers Schuhsohlen Sand. Der Maestro hätte ihn knirschen hören müssen, doch schlief mit hängendem Kopf. Noch im Träumen nachvollzog seine Linke Rhythmen melodische Cluster. Die Hand wie von Wellen warmen Wassers gehoben gesenkt; die rechte lag auf der Partitur. Nur deshalb rutschte sie nicht von Decke und Knien. Nachdem die Pistole ausprobiert war, aber doch. Da rutschte sie nicht nur, nein, stürzte. Anstelle des Maestros. Denn der blieb sitzen, wie er saß. Nur daß ihm eben die Hand zur Seite fiel und, eine Viertelsekunde kurz, baumelte neben Lehne und Becken.

Außer dem Schuß und dem raschelnden Klatschen des Notenbuchs war nichts zu hören gewesen. – Talisker, hochgereckt, stand in falbem Dunkel und den Steifen Lichts vor den Fenstern, in denen Staubdünste tanzten. Nun war das Brummseln zuende.

Die Lider schließen. Lauschen. Talisker ein Tier. Keine Minute war verstrichen. In Harlem alarmiert man nicht ohne Not die Polizei. Die kam, um Schwarze zu quälen, oft genug von allein.

Ein tiefer inniger Stolz erfüllte den Mörder. Er hätte die Szenerie gerne noch etwas genossen. Doch wollt' nichts überspannen. – Beschwingt verließ er das Haus. Niemand war auf der Straße. Oder doch, aber noch entfernt, eine Frau. Er hätte auf sie schießen können. Man kannte ihn hier nicht, also war es egal. Er schenkte ihr das Leben aufgrund desselben Bewußtseins von Freiheit, mit dem er es Olsen genommen.

Der 4Train brachte mich Midtown. Ich hätte freilich auch ein Stückchen zurückgehen und die direkten Linien nehmen können. Doch hatte es nun dermaßen zu schütten begonnen, daß ein Spaziergang keine Freude mehr war. Außerdem täte mir, dachte ich, eine heiße Dusche ganz gut.

In der Subway der Einfall, mich für den festlichen Anlaß gebührend herzurichten, also in Abendanzug, Weste und mit Fliege zu erscheinen. Nur hatte ich dergleichen nicht mit, mußte es erst kaufen.

Scheiß auf das Wetter.

Anstatt umzusteigen, blieb ich bis Fulton Street sitzen. Neben mir stand, in ausgesprochen wichtiger Haltung, ein Cop, die rechte Hand auf der Waffe. Nicht die Spur eines Lächelns. Und doch war er, als von südamerikanischer Herkunft, heidnisch verspielt: Als er die Mütze einmal abnimmt, erkenn' ich kleine, in die Schweißseide gepinnte Fotografien, *Thumbnails* sozusagen, gewiß seiner Frau und ihrer beider Kinder, außerdem Oblaten, Glanzbilder heiligen Kitschs. Der versöhnt sogar damit:

$ING a $ong of $ubway,
Every inch an ad.
Four and twenty thousand
Hanging on like mad.

When the gates are open,
The crowd begins to bound.
Isn't that a pretty way
To make the weels go 'round?

Life Magazine
June 1, 1905

Aber ich nahm mal wieder den falschen Aufgang. Wer die Gänge der Subwaystationen nicht täglich nutzt, kann ziemlich durcheinanderkommen. Zumal die Brooklyn Bridge allen Verkehr von hier hochsaugt.

Die Häuser Richtung Wall Street und White Hall, in Richtung der im Regenlicht dunklen Lagune. Die Wolken rieben ihre finsteren Ballen an den Türmen des World Trade Centers, Fetzen zerrten an Festungen aus phantastischen Filmen. Nur wenige Hochhausspitzen schnitten das feste Wolkenfleisch auf. Dort vernarbten die breiten Wunden in Sekunden zu Tüllen, aus denen das Wasser sich stürzte: Füllhörner, Stromschwälle gossen. Tief in den künstlichen Cañons schlugen sie auf.

Ich war bereits bis aufs Unterhemd naß. Sturmböen jagten um die Ecken, die dichten Schluchten beschleunigten den Wind: wo er abbremsen wollte, da glitschte er weiter, so daß ihm der halbe oder viertel Aufprall erst recht noch Tempo gab. – Schwankende Wogenkämme gänzlich sinnloser Regenschirmdächer, die unversehens um- und hoch- und weggerissen wurden. Und unter Autoreifen Gischt.

Da bog ich endlich in die Fußgängerzone der Nassau Street mit ihren kleinen preiswerten Klamotten- und Elektronikläden, hielt mich dicht an den Wänden der hier nicht sehr hohen Häuser aus neuerlich Backstein. Nur selten war es Beton mit Markisen und freundlichen, Hoffnung versprechenden Scheiben.

Der Ägypter, bei dem ich meinen Abenddress erstand, erzählte mir lange von einem Propheten, den er verehre … und holte einen arabisch geschriebenen Band hervor. Wie aus allen Büchern in geheimnisvoller Sprache leuchtete auch aus diesem ein Versprechen. Ich konnte es ertasten, als ich die flache Hand ehrfurchtsvoll auf den Einband legte. – Der Ägypter lächelte, als ich es tat. Dann verkaufte er mir den Anzug und verzichtete, glaub ich, darauf, mich gänzlich übers Ohr zu hauen.

Ein bißchen tat er's schon, das war er seiner Ehre schuldig. Der meinen aber auch.

Es war Martha, die sich näherte. Nur war sie in ihrem afrikanischen Kleid kaum wiederzuerkennen. Bunt und herrlich fiel's von den Schultern hinab zu den Waden, verschlungen hinaufgetürmt das Tuch auf dem Kopf.

Mit Abstand folgte ihr Gardist. Hier war sie Fürstin. Erschien sie, senkte ein jeder die Stimme. Sie war der schwarzen Völker weltliche Hoffnung. Anders als Olsen, der sie oft beobachtet hatte – und umgekehrt –, war sie zur Gänze diesseits, hatte zwei Kinder geboren, putzte die Babys, schnitt Gemüse, verstand sogar, Muscheln zu ernten. Und lag sehr gern bei Männern. Hinterher konnte sie so wunderbar singen wie sonntags, wenn ihre Gospels den heiligen Wahnsinn bewirkten. Ein Gewehr zu halten, wußte sie dennoch; ihr Mensch war längst geschossen: *to kill one's man*, wie das Idiom es nennt. Zugleich hielt die Revolution sie nicht ab, einem Weißen das Etablissement zu führen; sie führte von da aus die Frauen.

Den Stolz von Generationen in ein Antlitz aus Speckstein geschnitzt, so hatte sie, trotz des Regens gestreckt, das elende Viertel durchschritten, nachdem sie Momodou Dembangs Mutter verlassen. – Nein, Trost gespendet hatte sie nicht. Sie war nicht sentimental. Aber sie hatte Vergeltung gelobt.

Talisker, gestern abend, hatte sie nicht bemerkt und die schöne Joanne, überführt, ihr nicht verraten, daß er im Showroom gesessen und sich mit Clarissa zurückgezogen hatte. So daß Martha auch ihn nicht erkannte und Verdacht erst schöpfte, als sie offen die Tür klaffen sah. – Der Maestro schloß seine Räume schon aus böser Erfahrung. Nur in Konzerten floß, was sie engte, hinaus.

Auch wenn Martha skeptisch war, was Revolutionen durch Kunst anbelangt, achtete sie die Idee. Auch liebte sie Olsens Lebensfremdheit, die ihn hatte überleben lassen, und daß ihm Dünkel fernlag. Sie liebte seine Vergeblichkeiten. Wenn es nicht solche wie ihn gab, wofür hätte eine wie sie noch zu kämpfen?

Sie hob das Kinn. Sofort lief ihr Leibwächter her. Dann, die Hand am Holster, stampfte er breit die paar Treppen hinauf. Sie folgte ihm, wie wenn sie promenierte.

Olsen, im falben Licht zusammengesunken, stöhnte noch leicht in dem Sessel. Nicht zu sagen, ob er einfach weiterträumte; man fand die Einschußstelle im Dämmern nicht gleich. Martha, stumm, wies auf Decken. Dann nahm sie Anlauf und trat die Bretter aus dem Fenster. Sie pfiff. Den Schuß hatte keiner gehört, jetzt indessen rannte die halbe Straße zusammen. Im Nu war der Maestro in zwei weitre Decken eingeschlagen und vorsichtig, achtzehn Hände faßten ihn, die Stufen hinab- und auf die Straße getragen, straßweiter dreiviermal um die Ecken geguckt, dann andere Stufen hinauf und die Tür schnell verschlossen. Und alle Vorhänge zu.

Als ich die engen Stufen des *Star Hotel*s raufstieg, ahnte ich noch nichts. Oben standen Lachen im Flur. Das Büro war mittlerweile geräumt, nicht mal abgeschlossen. Wozu auch? Über alles Plastikplanen gelegt, die waren, ebenfalls naß, pechverschmiert und voller Schamott. Es gab hier nämlich kein Dach mehr. Die Teerpappen waren weggerissen, der haltende Mörtel zerhackt. Das hatte man vielleicht auch oben getan, denn die Treppe hinab zum zweiten Stock sinterte eine zähe Art Bach.

Traurig schaute ich Richtung Bad; nun war zu duschen bestimmt kein Vergnügen. Aus dem Nachbarzimmer drang Radiomusik; wenigstens wohnte die Schlampe noch hier. Dann sah ich meine aufgebrochene Tür.

Jemand hatte meinen Rucksack durchwühlt. Es zu kaschieren, hatte man sich die Mühe erst gar nicht gemacht. Sozusagen großzügig lag mein Zeug übers Bett verteilt. Aber weder Walkman noch Wertsachen fehlten. – Der Aktenkoffer, natürlich …!

Ich öffnete ihn. Nur die beiden Fotografien waren nicht mehr da; und der Umschlag geleert, worin die Pistole gewesen. Ob vom Geld was genommen worden war, ließ sich auf Anhieb nicht feststellen. Doch waren die Packen aus dem Umschlag genommen, lagen immerhin noch herum.

Ich sofort zur Nachbarstür rüber, gegengedonnert.

»Mann! Mann! Is ja gut!« – Sie schlurfte, Mrs. Schlunze Longtime Tenant, schleifend zähe zur Tür. Träge knarrte die auf, und achtels schob sich die Dugongin heraus. Die Nylons hinunter zum Knöchel gerollt, porösweißes Fleisch über rosa Puschen. Sie rülpste, sofort stieg mir der Magen.

»War hier vorhin jemand im Haus?«

Und der Geruch!

»Kannst mich am Arsch lecken, Typ.«

Ich preßte die Tür in ihre Massen; weichgummiartig dellten sie sich. Dugongin war schon richtig: Seekühe fressen bis zu fünfzehn Prozent ihres Körpergewichts, und zwar täglich. Bei meiner Nachbarin mochten es fünfzehn Kilogramm Chips sein.

»He du, was soll das denn?«

Ich drückte weiter gegen die Tür.

»Is' ja gut, is' ja gut! – Mann, ey!«

Ich drang in sie, den Besucher zu beschreiben. So reimte ich mir alles zurecht.

Ein Wunder, wie sich zu pflegen beruhigt. Ich konnte jetzt eh nichts anderes tun, dann mich zum Konzert einfinden und den Dirigenten so gut wie möglich vor Talisker schützen. – Mit möglichst weiten Schritten ins Bad; weiter die Ballen unter den Litzen der Straßenschuhe, ließ ich über mich minutenlang heißestes Wasser laufen. Dick stand der Dampf in dem Raum.

Handtuch um die Lenden, Frösteln im Nacken, unterm linken Arm das Necessaire, so schlupfte ich in mein Zimmer zurück. Zog mich an. Das Hemd von gestern, überm Drahtbügel am Fenster gelüftet, ich schnupperte, ja, ging nochmal. Ich band die Krawatte. Sah über die Avenue rüber. Moment mal … Ich stutzte, hielt die Luft an: Talisker!

Er betrat den *Moley Wee Pub* neben dem *Gardenia Deli*. Drei Typen in Lederklamotten begleiteten ihn. Wiewohl vom Unwetter gleichfalls erwischt, war er glänzendster Laune. Die drei Rabauken hatten sich vor dem Regensturm in die B-Ebene der Penn Station zurückgezogen, wo sie, als Talisker von der Subway kam, vor einer Bakery herumlungerten. Er sah sie und winkte sie her. »Wenn ihr euch was verdienen wollt …« Gab jedem zwanzig Dollar. Sie starrten verblüfft auf die Scheine. Dann folgten sie ihm, wobei ihre Schlagketten klirrten. Die Metallbeschläge ihrer Springerstiefel knallten selbst in den Pfützen.

»Was ein Mistwetter!« fluchte Talisker, als er den Pub betrat, simulierte einen leicht irischen Zungenschlag. – Freilich 'ne hübsche Moley nicht drin. Der Barkeeper, rothaarig bis in die Ohren, blieb durch das idiolektische Anbiedern unbeeindruckt; bloß links leicht zuckten die Wangen. Was Talisker durchaus mitbekam. So war denn bald schon ausgemacht: Wir sehen uns jetzt öfter.

Der Schlägerjugend entging der seismische Ausschlag allein schon wegen der Stouts. Kaum daß ihr *Murphy's* vor ihnen stand, gab Talisker die Instruktion; Mr. Thimble werde, die Taschen voll Geld, nachts um halb zwölf vor *Legz Diamond's* sein. Daß er dort aufkreuzen würde, des sei'n sie gewiß.

Während er sprach, belustigten ihn die ständigen Drohgebärden, mit denen die Halbstarken sich gegenseitig den Mut bewiesen. Gleichzeitig sah er über den Glasrand immer wieder den Barkeeper an. Der putzte Seidel.

Dann ging die Tür auf, und ich stand im Eingang.

Talisker begriff. Wir schauten uns giftig in die Augen. Ein Lächeln kroch auf seine Lippen. Ich hatte die Schlägertypen zwar gesehen, aber sie mit Talisker nicht gleich in Verbindung gebracht. Jetzt reagierte ich nicht schnell genug. Sofort hätt ich mich umdrehen, die Türe hinter mir zuschlagen und davonrennen müssen! Blieb aber stehen. Blieb stehen und starrte.

Er beeilte sich nicht. Zog langsam seine Börse aus der Gesäßtasche. Der Barkeeper beugte sich vor, polierte nicht weiter, hielt aber das Bierglas fest zwischen Händen und Handtuch. Endlich bewegte er sich, stützte die Ellbogen auf die Theke und sah mich ebenfalls an.

»Noch eins?« rief er Talisker zu und legte damit definitiv den Grundstein ihrer Freundschaft. Der seinerseits legte, den Stuhl zurückgerückt, drei Hunderter auf den Tisch. Die hatte er vorhin aus dem Koffer genommen.

»Verdient sie euch, Jungs.«

Dann schlenderte er zum Tresen.

Mit einem einzigen Schlag war ich gefechtsunfähig gemacht. Ich habe keine Erinnerung mehr. Bei dem einen Hieb kann es aber nicht geblieben sein, so zugerichtet, wie ich zu mir kam, abgelegt in den Rinnstein. Schmerzhafte Stellen unter den Achseln. Es war bereits dunkel. Jemand hatte Zeitungen und eine Kartonpappe über mich gedeckt, die unterdessen, einer Masse aus eingeweichten Brötchen gleich, aufgequollen war.

»He hier is' kein Schlafplatz!«

Der Gummiknüppel bohrte mir in die Weichen.

»Steh auf und hau ab.«

Ich blinzelte den Cop an. Wenigstens goß es nicht mehr. Soweit ich in der Lage war, es zu registrieren, fiel nicht einmal mehr Nieselregen. »Ich hab gesagt, du sollst aufstehn, Arschloch!« Er trat dabei zu. Ich war so taub, daß ich den Schmerz nicht spürte.

Wie spät war es? Ich wollte, nein *mußte* zu dem Konzert! Versuchte hochzukommen. Was aber schon deshalb nicht ging, weil der Cop nun den Knüppel auf mich *hieb*.

Weshalb sprach ich nicht? Weshalb erklärte ich mich nicht? Ich hätte zumindest um Hilfe stammeln, hätte versuchen können, etwas von Überfall und Schläger zu heulen. Ich tat es aber nicht. Der Cop schlug neuerlich zu. Wie seltsam! Ich konnte mich des Gefühls nicht erwehren, etwas Wahres zu tun, indem ich mich so mißhandeln ließ. Es tat auch weiterhin nicht weh, machte nur dumpf für Momente. Mal schlug ein Blitz durch, das war der Knüppel. Dann war alles um mich her weich.

Der Cop fing an, mich am Nacken zu fassen, zog und zerrte mich hoch. »Jetzt verschwinde. Und sieh zu, daß du mir hier nicht mehr unter die Augen kommst.«

So daß ich wegzuschlurfen begann. Gereckt blieb der Hüne hinter mir stehen und sah mir ganz Ordnungshüter nach. Als ich das erste Mal zurückschaute, blitzte unter der Straßenlampe das Wappen vorne am Police Cap auf.

Schwankend, mich nur noch selten umschauend – und wenn, dann schräg unterm Arm durch –, machte ich mich fort. Immer wieder knickte mir das rechte Knie weg. Ich wollte zum Hotel. – Wieso Hotel? Ich hatte seit Tagen kein Bett mehr gesehen. Statt dessen entsann ich mich eines Baches, der eine Treppe, sie spülend, hinabsprang, und sah eine fette Nutte noch, das widerliche Weiß ihres hochtoupierten Sprödhaars ... Nein, zu Fantasien hatte ich keine Lust keine Zeit. Mir reichten meine Träume. Wie spät war es? Meine Uhr war weg. Ich hatte seit Menschengedenken keine Uhr mehr gehabt. Aber trug einen Anzug. Was ist das für ein Anzug? Eingerissen naß verdreckt. Dennoch, fast neu. Und bißchen blutig, von der Nase wahrscheinlich. Die Krawatte zu einem Strick verknorkelt. Nur hatte ich mit Krawatten nie was im Sinn. – Ich muß mich aus diesem Albdruck schälen! Da hing was um mich, hing wie der schlechte Morgengeschmack einer Hoffnung, bevor du die erste Bierdose aufreißt, um langsam wieder klar zu werden, und weißt: So ist die Realität.

Stockig die verhärteten Strähnen, mein Haar starr vor Dreck. Es ist so kalt in New York. Lichter verschwammen in den Lidern zu Streifen Farben Blutung. So hatte Jack denn triumphiert. Wochenlang hatte er's drauf angelegt, mich zwischen seine Finger zu kriegen. Womit ich seine Fäuste meine. Und es nach Monaten nun wirklich geschafft. Schon damals, als sie mich aufgenommen hatten, war er gegen mich gewesen. Hatte Rache geschworen, als ich floh. Ich sah noch seine Faust auf mich zukommen, hatte einfach keine Lust, ihr auszuweichen. Schon platzte mir das Auge. Als spritzt dir das Weiße quer durch das Hirn. Nur daher nämlich kam der Schmerz.

Ich tastete die Schwellung ab. Sie fühlte sich wie eine Knorpelbeule an, fast wie ein ein Knochenknorpel. – Gehaßt hat mich Jack, weil ich zur Sippe gestoßen bin. Weil mir seine Ala ihre Muschi gezeigt hat. Meine Güte! Er hat die Mißgeburt von Fut »Gala«, tatsächlich *Gala* genannt! Dabei hat sie es nicht mal in den Condos getan, sondern im Mordhaus. Sie hatten uns aufgegriffen und in dieses beschissene Shelter gebracht, Fort Washington Shelter. Die schrecken doch vor nichts zurück. Aber voll gewesen war ich wie selten, das halt ist mal wahr. Und genau da ist mir die Fut an die Hose … Mich zu wehren, selbst wenn ich's gewollt hätte, war ich gar nicht in der Lage. Doch Jack hat i h r geglaubt, nicht mir.

Vielleicht *wollte* er ihr glauben, um nach all der Zeit endlich seinen Grund zu haben.

Meine rechte Hand war vollständig blau, als ich sie im Licht der Schaufensterscheibe vor meinen Augen drehte. Irrsinnig blau. Und was's das? Was wölbt sich da hoch? – Auch meine Fingernägel machten mir zu schaffen.

So lange lag es zurück, daß der *MTA*-Typ mich gewarnt hatte. Das ist nach der Sache mit den Alligatoren gewesen, die wir jagten, Benny und ich. Ich weiß noch, Bung hat mich wieder runtergescheucht, ich hatte nicht die geringste Lust gehabt, dem Dino auch noch nachzuwaten. Ich mein' das Krokodil. Und da erwischte es mich schon. Es war ein großes, sehr altes Krokodil, oder ein Alligator eben. Das konnt ich noch nie auseinanderhalten. Auch, wie ich freigekommen bin, weiß ich nicht mehr, nur daß ich dachte, der frißt dir dein Bein. Bis übers linke Knie steckte ich dem Vieh im Maul. Auf den Rücken gerissen über die Schultern geschwappt unterschenkeltiefes Kanalwasser schlucken, Bröselzeug Schleim, so schluckte ich sicher auch Scheiße. Irgendwann ließ der Alligator aber los, keine Ahnung. ich weiß nicht, ich schmeckte ihm nicht. Vielleicht hat er sich sowieso nur lustig machen wollen, um uns zu zeigen, was er von so einem Leben hält in Manhattan, und mit dem Schwanz das Pissewasser aufgepeitscht. Benny will das Ungeheuer erwischt haben nachher. Aber ich glaube es ihm heute noch nicht. Doch *Crocodile Profane* hieß er fortan. Er selbst hat behauptet, ihn habe das Ding zum Vollstrecker seines passiven Selbstmords gemacht. Genauso gestelzt hat er manchmal gesprochen.

Mich jedenfalls hatte das Monstrum in einen Seitenkanal katapultiert oder einfach hineingespuckt und dort liegen lassen, den ich dann alleine entlangkriechen mußte, nur auf den Händen und Knien. Ich wollte ja irgendwie hoch. Meine Lampe war aber verlorengegangen, nur das Gewehr noch hing mir am Hals. Die Schmerzen im Knie warn schon ganz nett, aber der Ekel war sehr viel schlimmer, als ich die Schutzklappe öffnete, mich in die nächste Röhre zog, wo es weit hinten Licht gab, aus der fingerdick staubbedeckten Glühlampe. Und dann lag da dieser von den Gleiskaninchen angefressene, aber nun auch schon lange verschmähte Körper in dem Modder. Ich wußte nicht, war er noch Körper? Er hätte auch flüssig sein können. – Was ein Gestank!

Als ich später Meldung erstattete, fand man da unten noch mehr von denen. Fand eine ganze Siedlung mit Betten Tischen sogar einer Stereoanlage und einer Art Küche mit Gleiskaninchen-Barbecue. Und gleich um die Ecke die Toten.

Imgrunde ging es gerecht zu: Die Unterirdischen fraßen die Ratten, die Ratten fraßen sie. Da entschloß ich mich wirklich, ein Krokodil zu schießen, aber alleine für die. Damit sie mal andres zu beißen kriegten. Es würde sie auf Wochen satt werden lassen. Wer in den Condos lebt, wird ohnedies nicht alt. Drei bis fünf Jahre, schätze ich. Man stirbt dort einfach zu früh, aber logisch. Ein Fieber schon reicht oder eine Erkältung, die wird im Nu zur Lungenentzündung. Von Zuckerkrankheit sprech ich erst gar nicht, auch nicht von Verletzungen, wenn man sich wo schneidet. Wie das Antoniusfeuer dann tanzt! Der Himmel hat einen solchen Humor.

Nicht, daß sie mir leidtaten, das nu' nich'. Sondern sie faszinierten mich. Auch weil sie es hinbekommen, daß man an sie nicht glaubt. Ihre Existenz, offiziell, wird ja sowieso bestritten. Bis mich John Denver, der bei der Gleiswacht jobbte, mit nach unten nahm. Tiefer hinab, als die *ALLIGATOR PATROL* je gekommen war. Dabei erzählte er, die Unterirdischen hätten Schwimmhäute zwischen den Zehen. Und Krallen wie ein Maulwurf. Nach dem sie ja *Mole People* heißen. *Unterirdische* ziehe ich trotzdem vor.

John Denver hatte recht.

Verdammt schwer allerdings, sie überhaupt zu sehen, derart mäuschenstill waren sie. Konnten pirschen, ohne daß sich ein Wellchen bewegte. Huschten schattenflink durch die vergessensten Stationen. Wobei sie seltsame Geräusche von sich gaben, als zögen ferne UBahnzüge durchs Erdreich. Bloß warn's keine Züge, sondern sie. Es war ihre Sprache. In der unterhielten sie sich, so gaben sie einander Signale. Da vernimmst du noch einen Walgesang, und plötzlich, eh dich versehen, schlagen ihre Zähne in deine Schulter und reißen was raus. Johnny zum Beispiel war überzeugt, daß sie Kannibalen sind, *CHUD-People* nannte nun er sie. Das steht für *Cannibalistic Human Underground Dwellers*, nämlich weil sie zumindest die Toten essen, aber auch schon mal … also wenn das Los … – Sie fressen ja auch Hunde, was nun wirklich alles sagt. Ganz sicher hatten sie etwas mit den verschwundenen Passanten an der Canal Street zu tun. Damals schienen sie sich auf die Lexington Line konzentriert zu haben. Aber das lag lange zurück.

Und da, eines Tages, sah ich selbst meinen ersten. Es mußte von den Unterirdischen einer sein. Er sprang von der untersten Plattform Broadway-Lafayette auf die Schienen, setzte vorsichtig über das dritte, die Elektrizität führende Gleis. Achtung also! Denn nicht nur, daß bei Berührung die Funken derart rüberschießen, daß du quasi verkohlst. Sondern die Arme und Beine blähen sich, bis sie explodieren. Ziemlich eklig, so ein Tod. – Trotzdem bin ich hinterher. Es gab absolut keinen Platz. Wäre eine Bahn gekommen, es hätte keine Zuflucht gegeben.

Ich lauschte in die Schwärze. Es war nicht leicht zu folgen, der Kerl schien nachtsichtig zu sein. Man hörte kaum seine Schritte. Er meine aber sicher.

Ich kam auf einen Catwalk, mußte die durchbrochenen Metalltreppen hinab an Schütten von Elektronikschächten vorbei, Leitungen wie Adern, ein System mechanischer Organik, es wurde widerlich warm: Netherworlds Schächte sind vier Grad wärmer als draußen. So gab es neue Fauna: schultergroße, von einem feinen weißen Schimmel geschützte Kokons hingen an den Wänden phantastischen Wandlampen gleich. Manchmal flogen daher Funken. – Woher kam hier das Licht? Noch wußte ich nichts von den Meistern den Neuen Freimaurern untertags und sowieso von den Baustellen nichts. Nichts von dem Dom, der aus der Tiefe herauferrichtet wurde. Aber sah mich plötzlich umzingelt von wenigstens zwanzig, mit Schlagringen Ketten Backsteinschleudern bewaffneten Maulwurfsleuten. »Ich bringe euch ein Gewehr«, sagte ich ihnen. Das gewann mir Sympathie. Deshalb nahmen sie mich auf. Und sagten, ich könne bei ihnen bleiben; aber ans Tageslicht zurück, das dürfe ich fortan nur noch mit ihrer Genehmigung. Trotzdem nannten sie mich Sky.

Als aber Jack verfeindet gegen mich blieb, machte ich besser von selbst die Fliege.

Kaum war ich Meissen losgeworden, stürzte in religiöser Freude mein *MURPHY'S* auch ich. Denn ich war befreit. *Befreiung* ist als Wort viel zu klein. Die Situation hatte wirklich etwas Erlösendes. Dabei bin ich kein sonderlich gefühlvoller Typ. Ich nickte meinem Barkeeperfreund ein letztes Mal zu, jedenfalls für heute, und verließ den Pub. Die Schläger kamen gerade um die Ecke.

Ich sprach nicht mit ihnen, nickte nur zweimal zum Eingang; so wußten sie, wo sich ihr Blutgeld holen. Doch zwei Schlüssel – vorher noch, im Vorbeigehn – händigten sie mir aus. Außerdem einen Vierkantschlüssel. Was ich mit dem sollte, wußte ich nicht. Sie hatten ihn dem Kerl aus den Taschen genommen. Wahrscheinlich unterschlugen sie Beute, was mir jetzt aber egal war. Ich war mir sowieso nicht sicher, ob sie halb vor Mitternacht bei *LEGZ DIAMOND'S* erscheinen würden, um mir auch die zweite Freude zu machen. Auf jeden Fall wollte ich wieder die Kleine bürsten. Vielleicht sogar ihr erzählen, wie auseinandergenommen ihr Typ war. Und mit seinem Geld sie bezahlen.

Blöd nur, daß, wenn ich ins Hotel zurückkäme, Duschkin nicht lange auf sich warten ließe. Ich mußte mich unbedingt mit ihm arrangieren. Das war nun klar. Außerdem brauchte ich falsche Papiere. Und weshalb eigentlich *nicht*: »Meissen«? Gottfried Meissen hatte doch was! Der wird sich den Ruf eines gefährlichen Mannes erwerben. Es war mir vollkommen klar, daß er vielleicht nicht alt werden würde. Doch scheiß drauf! Fünfzehn, meinethalben zehn Jahre nur – so indes gelebt, das wiegt vierzig eines Rechtsanwaltslebens ganz locker auf.

Ich warf den Kopf in den Nacken und lachte erregt in den Regen hinein. Die Tropfen fielen mir kalt auf die Zähne. Ich öffnete die Tür des *Manhattan Inns*, checkte bei dem blöden Japsen aus und schleppte mein Gepäck, wie verabredet, ins *Star Hotel* rüber.

Die Eingangstür war zu, aber natürlich paßte der Schlüssel.

Das Haus befand sich in furchtbarem Zustand. Ich konnte nur hoffen, daß meine hiesige Unterkunft als eine vorübergehende gemeint war; wenn, dann hing dieser Umstand ganz sicher mit meinem Auftrag zusammen. Jedenfalls hatte ich unten kaum die Tür aufgeschlossen, kam mir schon eine zähe viskose Schicht aus wäßrigem Teer entgegengelappt: nur wenige Trittstellen waren freigeblieben, in die ich meine Ballen setzte wie in sich abwärts wälzendes Magma. Wenigstens war es ein kaltes Magma. – Es kam, wie vorhin die Wasserbäche, die Treppe vom ersten Stock herunter, schien ebenfalls oben seinen Ursprung zu haben; vielleicht floß es aus den Bruchstellen der weggeschlagenen Dachpappen, die sich von dem Regen aufquellen ließen, bis ihre Eihäute rissen. Das Magma war der Dotter. Der zwar nach unten abfloß, aber irgendwie nur zum Eingang hin. Nach hinten der Flur, in Richtung auf mein Zimmer, blieb, obwohl auf gleicher Höhe und ohne sichtliche Steigung, von dem Zeug völlig verschont.

Eine steife Brise wehte von oben und übers Magma drüber; mochte also sein, es war nur an der Oberfläche kalt.

Meissen hatte sein Zeug kaum angerührt und schon gar nicht wieder Ordnung gemacht. Nur sich umgezogen. Nicht einmal die Sachen vom Bett hatte er zusammengeräumt. So mußte ich es selbst tun.

Ich legte sorgfältig alles auf die Kommode. Auch Meissens alte Klamotten. Die Pistole packte ich in den Nachttisch. Um das Geld hatte ich mich sowieso nicht gesorgt. Steckte mir eine Zigarette an. Die Dinger schmeckten immer besser. Mein Blick fiel auf das Insektizid. Prophylaktisch sprühte ich ein bißchen herum. Hatte Meissen nicht einen Spiegel gehabt? Richtig. – Ich hockte mich vor die Kommode und probierte die verschiedenen Möglichkeiten aus, eine Zigarette allein mit den Lippen zu halten. Da strömte der Regen erneut, strömte auf die 8th, strömte auf den Madison Square Garden und auf Junkies Nutten Penner herab.

Sky hielt sich immer nah an den Häusern. So wurde er, während er geradeaus bis Park Avenue und von dort senkrecht hoch zur Grand Central schlurfte, nicht ganz so schrecklich naß. Klamm war Sky ja sowieso, imgrunde wäre es nicht drauf angekommen. Das zerschlagene Auge pulste rein wahnsinnig, aber er spuckte nur immer aus, wenn es zu weh tat. Er hatte für Schmerz nichts als Verachtung. Irgendwann hört der sowieso auf; nur eine Frage, wer mehr Geduld hat. Das kannte er von seiner Hand. Die fühlte nämlich gar nichts. So wäre bald auch sein Auge nicht länger zu spüren; immerhin sah er schon nichts mehr damit, so sehr war es zugeschwollen und wirklich womöglich geplatzt. – Auch mit seinem rechten Knie war was: Weil es sich nicht mehr beugen ließ, humpelte er halb schräg. Nicht daß er das Bein direkt nachgezogen hätte, aber es war stelzig. Dann wieder knackte ein Gelenk und klappte zuweilen schnappmesserartig zusammen. In solchen Momenten hielt er sich nur mühsam aufrecht, doch verstand es einzurichten, in den prekärsten Momenten gegen eine nächste Hauswand zu kippen. So fiel er wenigstens nicht um.

Alles in allem kam er nicht sonderlich schnell voran. Wobei das ärgerlichste war, daß ihm Jim offenbar den Vierkantschlüssel geklaut hatte, mit dem die Sippe sich zu den leeren Subwayschächten sonst Einlaß verschaffte. Einen eigenen hatte er zwar eh nie besessen, doch einen heute früh von Carl, dem Einohr, zugesteckt bekommen, den die Untertagler nach seinem Wohnsitz im Wurzelwerk der Chambers Street *Old One-Ear Chambers* nannten. – Wie auch immer, Sky mußte den ganzen Weg zum Bahnhof oberirdisch zurücklegen.

Er wunderte sich zunehmend über den Anzug. Vor allem aber über die Schuhe. Was für schöne, edle Schuhe es waren! Er konnte sich nicht erinnern, solche jemals angehabt zu haben. – Übrigens war es gefährlich, sowas zu tragen; er würde sie später verstecken und gegen die verlatschten Knobelbecher austauschen müssen … nur manchmal würde er sie dann wieder hervorholen, sich anpassen und ein bißchen vielleicht übern Union Square flanieren, sommers natürlich: stolz mit einem eisübergipfelten Waffelhörnchen, falls ihm jemand am PARK CAFÉ 'nen Dollar zustecken würde.

O, dieser herrliche Pavillon! All die funkelnden Lichter! Welch eine Eleganz!

Normalerweise widerte Sky sowas an, nun fühlte er sich ihr irgendwie nah. Da war etwas Fremdes in ihm. Er hatte das Gefühl von Erinnerungen, die einem gar nicht gehören. Dieses Getu und Gestelze, was ging ihm das sonst auf die

Nerven, und mit Recht, wenn einer bedachte, wie schon bei Geburt herausgepopelt worden war, was man gleich auf die Gosse hinausschnippt. Dabei hatte er sich wirklich angestrengt, weg von der Straße zu kommen. Allen Ernstes gejobbt, erst auf dem Bau. Aber sie hatten ihm die Frau ausgespannt … Na ja, die Keife war abgehauen, nachdem er sie verprügelt hatte. Was quasselte sie auch allezeit auf ihn ein? Die Kleine dann ins Pflegeheim gesteckt. Erst zwar hatte er's noch hingekriegt, die Wohlfahrtsfotze aus der Bude zu scheuchen, hatte ihr den Küchenstuhl nachgeschmissen und sie auch richtig am Rücken erwischt. Aber sie war mit Blaulicht wiedergekommen und einer solchen Anzahl Bullen, daß er nun selbst türmen mußte. Die Kleine, die er noch mitschleppen wollte, hatte geschrien und geschrien, da war das nur noch riskant gewesen, und ihr eine zu latschen, hätt nichts gebracht. So war er ein zweites Mal ab in die Tunnel getaucht, diesmal auf der Flucht, hatte natürlich das Gebiet um die Condos gemieden.

Jim aber fand ihn. Und vertrieb ihn abermals. Wenn er ihm auch nur einmal noch unter die Augen käme! – Dann war Gala verreckt. Das kam obendrauf. Von wem sie das Crack bekommen hatte, kümmerte keinen. Doch, vielleicht Jim. Während Hank erzählt hatte, er, Jim, habe tagelang über der Leiche gelegen, habe die Leiche verteidigt, gegen Ratten und Diebe. Als Beau die beiden dann aufspürte, den Lebenden, die Tote, hätten die Leute der Transit Authority jenen mit fünf Mann davon- und ins Licht hinaufschleppen müssen; Jim habe sich heulend in der bereits verwesenden Geliebten festgekrallt und sie auf keinen Fall zurücklassen wollen, und sei es, daß ihn auch selbst die Ratten fräßen.

Das konnte Sky verstehen. Wahrscheinlich war er dem Schlag vorhin deshalb nicht ausgewichen: denn auch er vermißte einen Menschen, auch er war einsam und sehnte sich nach gar nichts außer seiner Carlita, dem Töchterchen, das sich vor nichts auf der Welt mehr als vor ihrem Vater gefürchtet hatte. Das ihn immer noch fürchtete und schlimme Träume allein von seinem Namen bekam. Wovon ihr Vater nichts wußte. Sky hätt' es auch gar nicht verstanden.

Als er in den riesigen Beaux-Arts-Palast der Grand Central Station schlurfte, passierte er Martha. – Die von Kristallüstern illuminierte, marmorne Pracht des blitzblanken Jugendstils einer monumental gewölbten Baufantasie. Schalterkioske, das Rotholz des Eisenbahndomes brückenverwuselt. Die in das Dach des Gewölbes hineingemalten Sterne sahen hinab auf Millionen Ameisenfährten, als deren Köpfe die Menschen fungierten. So schaut Gott, wenn er tötet. Dazwischen Halogenleuchter, Lautsprecher drunter, Hunderte Cops, uniformschwarz. Drauf blitzten silbern die Wappen, und dunkelblau blinkten die Waffen. Schon draußen war die kopflose Hektik des wogenden Verkehrs fast unheimlich gewesen. Doch egal, wie groß die Skepsis, Sky war hinein. Er bückte sich drinnen, schlich. Vielleicht fiel er nicht auf in der Menge.

Was wollte die Hundertschaft Polizei hier? Vom *NYPD* hatten ganze Fuhrparks das Gebäude umstellt. Gefunkel und Blaschen von Blaulicht und Rotlicht, ein horizontales Rundfeuerwerk. Alarmbereitschaft, schon klar, doch wozu?

Darum die zivilen Wagenstaus, na logisch, das ganze Achtel Strecke lang, bevor die Straßenrampe der Park Avenue vertikal in Unter- und Überführung auseinanderlief, zwischen Hupen Gedränge Nervosität den Bahnhof armgleich umschließend, 42nd St also beidseits, als hätte der Times Square sich hierher versetzt. Von den Flanken des Bahnhofs, es kam wohl Clinton zu Besuch, lugte ein zweiter Harvey Lee Oswald aus einem zerschlagenen Fenster am

Dachfirst, schon angelegt die Carcano. Doch die Dachfirste langten sehr hoch. Die ornamentalen Spitzen der Chryslers Seagrams Rockefellers waren Himmelsdächer, von Helikoptern umhummelt. Das MET LIFE BUILDING genauso. Wie soll man schießen und treffen, wenn einer doch kein Scharfschütze ist?

Martha, die ein Konzert niemals so wichtig genommen hätte wie ihren bewaffneten Widerstand, war mindestens so erstaunt wie Sky. Der sie nicht erkannte, sie aber ihn. Sie hatte das afrikanische Fürstengewand mit dem grauen Kostüm der Geschäftsfrau vertauscht. Es wurde durch einen hoch und eng dem Hals angeschmiegten Stehkragen geschlossen; auf die Aristokratin ließ er allein schließen. So schritt die Frau stolz über 10cm-Absätzen unter rotgefärbter Schlangenhaut daher, tat zweidrei Schritte auf den Obdachlosen zu, zögerte, näherte sich um einen weiteren Schritt. Dann stoppte sie. Denn die Schläge hatten Meissen – oder wie er in Wirklichkeit hieß – nicht nur verändert. Er war in der Tat nicht mehr er. Der andre, den er gerufen, hatte ihn aus seinem Ich hinausprügeln, es in einen Fremden hineinprügeln lassen. Martha erkannte es sofort. Alles, was sie für so einen noch tun konnte, war, ihm paar Dollars zuzustecken.

Sie kramte in ihrem Edeltäschchen, hatte Brillanten hinten im Haar. Es hätte ihr in der guten Gesellschaft gut gehen können. Doch trug sie eine alte Trauer in sich, den Buschgesang der Shona; manchmal träumte ihr ein zimbabwescher Blick auf den Sabi, den sie selber nie getan haben konnte. Er war ihr vererbt wie der Jazz und der Blues.

Obwohl sie Sky nun den Geldschein in die Klaue drückte, sah sie hoheitsvoll an ihm vorbei. Mitleid, seit je, war ihr fremd, sie brachte es auch für das Elend nicht auf. Es kränkte sie aber. Sie ließ sich nicht kränken. – Sky wiederum war restlos verdutzt über den Schein derart plötzlich. Sah der Schwarzen nach. Wie sie davonschritt. Mit welcher Frechheit. Die hohen Hüften wogten. Er hatte Schwarze noch nie leiden können. Ganz bestimmt war auch der Typ, mit dem seine Kim verduftet war, ein Schwarzer gewesen. Die Schwarzen waren schuld daran, wenn einer seinen Job nicht bekam oder ihn verlor. Die Schwarzen und die Wohlfahrt. Die Leute von der *HRA* hatten bestätigt, was schon Skys Vater seinen Kindern so lange eingebleut hatte, bis sie des nachts nicht mehr schrien. Zeigt Schwarzen und Sozialarbeitern euren Arsch! Schlag mit Schlag jede Silbe betont. Schwarzer um Schwarzer Faust um Faust Social Worker um Social Worker. – Also wieso gab ihm *die* dieses Geld?

Fast traute er sich nicht, es einzustecken, es haftete etwas Giftiges dran, war ganz bestimmt ein hinterfotziger Trick. Hatte Jim sich mit der da verbündet? – Schließlich siegte der Menschenverstand, und die Dollarnote wurde ins Hinterste der Hosentasche gestopft. Erst die Schuhe und der Anzug, sogar aus der Krawatte konnte einer was machen, und jetzt noch zwanzig Dollar! Komischer Tag. Doch blieb nicht viel Zeit, sich zu wundern, weil Sky die Blicke dreier Cops bemerkte, die weniger auf ihm ruhten, als sich bereit für Schikane zu machen. Einen seiner Kumpel hatten sie mit einem Gummiknüppel gefistet, langsam, eine Stunde lang, bis die Waffe zu Dreiviertel im Arsch gesteckt hatte. Eine Darmwand war gerissen. Bloß durch Zufall war die Sache aufgeflogen. Einer von ihnen war so dämlich gewesen, den Gummiknüppel rauszuziehen. Da war dann überall das Blut.

So zu enden, hatte Sky keine Lust, selbst wenn es die Cops ihren Job kosten würde. Also verzog er sich wieder, tauchte seitlich unter, sondierte mit Blicken die neue Situation. Unmöglich, unbehelligt ins Untergeschoß zum Treffpunkt zu kommen. Niemand schaffte es jetzt noch da hin; nicht einmal die Reichen durften durch, auch sie von Polizisten zurückgequetscht. Leute in Pelzen protestierten, Frauen in Mänteln aus Traum und Weiß, dazwischen lungerten Penner. Diebe, in statu nascendi, nutzten ihre Gelegenheit. Sie konnten zumindest trainieren.

Rolltreppe für Rolltreppe abwärts. Tiefer, tiefer, immer tiefer.

Hochgehalten über den Schultern schaukelten Musikinstrumente in nachtschwarzen Kästen: Geigen Celli Trompeten Oboen. Es hätten auch Gewehre sein können. Es war zu voll, als daß sich sowas hätte kontrollieren lassen. – Vier Penner schleppten ein Schlagzeug durchs geballte Volk. Man kam aber nur bis zu den breitmarmornen, rampenähnlichen Abgängen; weiter hinab durfte niemand.

Lautsprecheransagen. Das Untergeschoß sei heute gesperrt, Sicherheitsalarm: Ein riesiges Gasleck, so schürzte die Stadt vor.

Plötzlich schrie wer. Irgendeiner gerät immer in Panik. Man werde den Bahnhof räumen. Verlassen Sie das Gebäude diszipliniert! Unmittelbar bestehe keine Gefahr.

Aber es war schon zu spät. Die aufgequollene Masse wirbelte an Stellen zu dumpfen Fliehkraftshaufen, kleine Galaxien aus Panik drehten sich um sich selbst. Unvorhersehbar lösten sich Sterne wie Köpfe. Oben die Winterhimmelnacht blieb eisig ohne Interesse. – Der Zugverkehr sei eingestellt heute, bitte sehen Sie davon ab, die *Shuttle*-Bahnen zu benutzen. Auch die Gänge zum F-Train gesperrt. Sirenen von draußen? von drunten? Trotzdem wälzte die Masse sich dort, hier, wälzte sich weiter mit den Rolltreppen runter. Unterwälzte jede behördliche Sperre, Prallböcke Schilde.

Sky sah zu, daß er unbeschädigt hinauskam, knickte nochmals ins Knie mußte fassen griff. Die Stahlschlaufe hielt.

Was war das, verdammt? Er ließ sich an der Wand in die Hocke rutschen, wollte links die Hose hochkrempeln, nachsehn. »Sie dürfen hier nicht bleiben, stehen Sie auf!« Der Mann, wiewohl Polizist, wirkte freundlich. »Seien Sie so gut. Sie sehn doch, was hier los ist.« Er bedachte Skys Schuhe schweigend mit einem langen, resignierenden Blick, weil er wohl dachte, der ist erst kurz auf der Straße. Wie schade es um solche Menschen war! Jahr um Jahr sah er weitrer Verelendung, und immer erbarmender, zu. Daß man die Leute in Säuberungsaktionen aus der Stadt transportierte, löste das Problem ja nicht, zumal sie sich solcher Zugriffe halber nur immer tiefer in die Stadtdärme gruben. – Ob sie da unten auch Kinder kriegten? Und wenn, ob die dann jemals erfuhren, was ein Sonnenstrahl, was ein blühender Kastanienbaum ist? Blühten bei denen wohl andere Bäume? – Das waren die Fragen, die Officer Villa aus Belmont, The Bronx, sich stellte einen jeglichen Tag. Wie alt mochte sie werden, die unterirdische Menschenart? Hatte auch sie einen Gott? War sie ein Volk, eine eigene Rasse? Und Gott … Gott selbst? Kannte *Er* denn die Maulwurfsmenschen? –

Der Officer half dem Obdachlosen auf.

»Haben Sie Schmerzen?«

Der indes schüttelte die Hand von sich los; er ließ sich von Cops nicht berühren. Schon gar nicht sprach er mit ihnen. Sprach nicht mit Schwarzen, nicht mit Sozialarbeitern, besonders aber nicht mit Cops. Und spuckte aus. Stieß den Bullen sogar leicht weg, der es hilflos mit sich geschehen ließ. Wer weiß denn, was solch ein Mensch alles aushalten mußte und seit seiner Kindheit ertragen auch hatte? – So sah er den Stadt-Tramp weiterhumpeln und im Gedränge zwischen den glatten Hochhauswänden der 42nd Richtung Library, 5th Ave, verschwinden. Man würde, um solchen wie dem da zu helfen, das gesamte System umstürzen müssen und auf die Chancenfreiheit des Einzelnen verzichten, derethalben seine Vorfahren doch von Pozzuoli ausgewandert waren. Auf so etwas wartete Kuba nur. Das wußte Officer Villa ganz genauso. Und die Russen harrten erst recht ihrer Stunde.

Sky strich die Läden entlang, passierte Cafés Sushiyen Bankfilialen. Gewischte Stein- und Glashygiene, die Massenstaus lösten sich im konventionellen Nachtbetrieb auf. An der 5th wurde der Ampel Grün abgewartet. Gut, daß der Regen aufgehört hatte. – Guck einer an: *Nabokov*. Sky kannte den Namen, weil Jim die Bücher dauernd las, auf seinem Catwalk das Podestchen neben der Matratze unter der Birne im Condo; die wackelte immer, wenn die Subway passierte. *Ada or Ardor*: An das Buch ließ er niemals wen ran. Hätte ihm Sky von der Ausstellung in dem neoklassizistischen Prachtgebäude der Public Library erzählt, hätte er vielleicht nicht so fest zugeschlagen. Rätselhaft, wie jemand sich für

Literatur interessiert und überhaupt für Kunst. Und sowieso, woher für den Eintritt die Kröten nehmen? Die geben dir da einen solchen Tritt in den Arsch, daß du die Treppen runterkrachst. Dann trampeln die Leute auf der 5th einfach über dich drüber. Kein Buch der Welt ist das wert.

Die enorme Wölbung des Hochhausgebäudes funkelte in gläsernem Blau. Drin die Lichter der Fenster der anderen Häuser im Haus in den Häusern achtmännerhoch.

Eingerahmt der Bryant Park, nur offen zur 6th Ave. Die Wiese dunkel, keine Stühle. Leute aber trotzdem, die um die Pfützen des gepflasterten Umgangs unter Laternen Platanen flanierten, an den gebauschten Säulchen der Balustraden vorbei. Kofferradios Pfiffe hinter Mädchen jungen Frauen. Kragen hochgeschlagen übers hochgereckte Kinn: Mach mich, Kerl, bloß nicht an! Doch stolzierten auf und ab, provozierend arrogant, bewacht aus den schloßturmartigen Apartmenthäusern getreten. – Gelb leuchtende Fensterchen Bögen tausend Kassetten, die den Miniaturpark nach Norden flankierten. Paar Knutscher paar Ziersträuchertonnen, so das Plateau gegen die 6th mit den zwei Kiosken.

Pizza Newspapers *Café Italiano*.

Dort die Stufen zur Subway endlich wieder hinab.

Sky kannte einen Zugang, der meistens nicht verschlossen war, weil Smithey sich dort immer paar Cents dazuverdiente, indem er UBahn-Passanten die Abkürzung durch sein Wohnzimmer zeigte. »Hier entlang, das geht schneller!« Und wenn erst mal e i n e r gegangen war … – Man stieg dann halt schräg über seine zusammengerollte Matratze und ignorierte den Kerzenstumpf auf dem verteerten Kasten daneben.

Hätte sich jemand umgesehen, wären die paar Metalltreppen bemerkt worden, die Sky nun runtersteigen wollte.

Den Eintritt verschloß eine Feuerschutztür, natürlich, man brauchte hier den Vierkantschlüssel. Aber vielleicht war ja offen, jetzt, wo der Zugang in die Condos über den Bahnhof versperrt war, der unterhalb der Plattform 100 lag.

Tatsächlich lehnte das schwere Durchgangsgitter nicht nur an. Vielmehr starrte seine Schwärze sperrangelweit ins Halblicht der Plattform. Es war eine gierige, eine unentwegt Menschen schluckende Schwärze. Paar *CHUDs* winkten je zur Seite mit schmutzigen Händen und Tüchern, die einen ganzen Strom von Leuten ununterschieden hereindirigierten: edel oder ordinär, Scheißer Spucker Gecken. Man sah auch

Feuerwehrer darunter und sogar – nicht zu kapieren – Cops. Ihr könnt doch nicht Spitzel einfach so ins Geheimste lassen?! – »Schnell! Schneller! Beeilen Sie sich!«

Ganz aufgeregt alle. Ein paar zum Wachen raufgeschickt, Schmiere zu stehen, ob's schon anrückt, das Department. Hatte wohl noch nichts bemerkt, blieb auf den Bahnhof allein konzentriert und ahnte nicht, daß wir die Schächte von Downtown bis Uptown längst überall aufgesperrt hatten. Netherworlds Nottag der Offenen Tür, sie endlich, endlich zuzuschließen. Hinter offenen Feuerschutzpforten dehnte sie sich, die Unendlichkeit, aus.

Begriff man, worin man tatsächlich eindrang? Wäre ohne Not ein einzelner mutig genug gewesen, dieses Reich zu betreten? – Unwichtig. Auch traten viel zu viele ein, als daß der Geruch nach verdorbenem saurem Essen noch hätte abschrecken können, der jenseits der Metallplatte herrschte – hatte jemand gehört, wie sie, als man sie öffnete, *krisch*? ... nein, niemand hatte es – und den kein Besucher vor Ablauf von Tagen verlor, als hätten sich die Düfte eines üblen Wassers in den Nasenwänden eingehäutet. Es brauchte mehr als einen Schnupfen, brauchte Spülungen, ihn auszuschwemmen mitsamt den Schweiß- und Urinmolekülen Scheißeresten Menschenresten. Man mußte sich auch untertags entleeren, Knochen schon versuppter Rattenfraß. Da mußten sie alle hindurch. Und sie taten's! Nicht nur die Ärmsten, auch Honoratioren Filmstars herrliche Künstler Bankiers sogar die Goldhändler Midtowns, Pelzhändler und Diebe aus dem Barrio, Chinatowns Mafiosi und, ganz von Südosten, des russischen Brooklyns Little Odessa. Schick schwuchtelte Soho tänzelnd hinzu, strebte Washington Square an Morningside. Hausfrauen mit toupierter Zuckerwatte auf dem Haupt Jugendgangs rotierende Hüften die Gepiercten Alphabet-City's Latinos. Loisaidas weggeschwemmte Depression. – Alle sie kamen, vereint in distanzierter, arroganter Kultur, sogar der mondäne Luxus von East Side Central Park. Bodygards sicherten ihn und die kleinen fleckigen Hunde, die an strassbesteckten Leinen irrwitzig zogen; im Schleifchen eines Chihuahua-Pudels blinkelten Brillanten. Auch das, von Rockern und Rockets vorwärtsgedrängt, Punk 'n Petticoat, Dreadlocks & Dandys, Rednecks Brokers Caballeros – ein unabgerissener Menschenstrom. Er wälzte sich über Catwalks und Stiegen immer tiefer, tiefer und immer tiefer hinab. Man mußte Gleise überqueren, paßt bloß auf mit den Leitungen! doch es zischte nicht einem der Fuß weg. Stets waren Ordner zur Stelle, wenn ein Zug sich näherte, den nur diese Ordner hörten: Sie hatten Ohren wie Fledermäuse. Mit denen hatten sie sich gekreuzt und waren zur Gänze erblindet, aber wie jene und wie Höhlenantilopen flink, man wußte nie, ob jemand von ihnen in der Nähe war.

Schweigen hatte sich über dieses Publikum wie eine schwere Wolke gelegt, als es ins Schweigen hineindrang. Bisweilen wölbten sich Gebirge aus dem Stein. Ein Flackern und Glitzern zuzeiten, so schattig illuminiert war der Hades. Man konnte in Seitenröhren voller Juwelen schauen, ein Dunst wehte da raus, wie Wassergeister schweben: sie flatterten über dich hin, schon ist das Gelichter vergessen, die Spiegelung Lichtjahre hinter dir. Nur noch das Knirschen unter den hunderttausend Sohlen der Leute; nur manchmal ein erlösendes Lachen, noch seltener Gelächter. Doch sprangen in den Seitenröhren die Stalagtite davon. Opake Schichten, hervorgequollen wie ein Wachs aus Erz, begleiteten den Weg; an manchen Natursimsen blakten Lampen. Manchmal waren's nur Haushaltskerzen. – Erneute Seitenschotts. Dahinter hüfttief der Gang. Mußten wir kriechen? Blieb wer zurück? Rottweiler kläfften, es war eine Umgehung in die Wand geschlagen und sauber verfugt: die ersten Bauzeichen Neills. Hier begann *Under Manhattan*. Aber kein Stadtschild kein Hinweis. Keiner ahnte die Neue Welt.

Under Manhattan lag u n t e r Netherworld noch und reichte nur manchmal in Netherworld rauf. Es würde Netherworld zwischen sich und Manhattan erst nach Jahrzehnten zerquetschen und nur in den Tunneln der Subways, nicht in den Röhren der Kanäle noch denen der Wasserversorgung. Denn dahinein wird, wer sich nicht zum Bürger einer der beiden Seiten erklärt – zur dunklen, zur hellen, doch welche ist wo? –, getrieben werden.

Nun erste Stufen. Zur Seite sogar ein Geländer. Aus welchem Material? Ernsthaft, was für ein Stoff war's? Er fühlte sich warm, wie geheizt, an. So mußte niemand frieren.

Das Staunen schritt durch die Mengen. Manche Leute wollten stehenbleiben und sehen, aber es war nur verschattet, zumal die Masse, von hinten, nachdrängte. – Über eine Dreiviertelstunde bereits währte der Weg, als sich riesig eine Grotte von Kathedralenhöhe auftat. Beblitzt Halogen, unten probten zwei Jazzer Trompete. Man hörte zwar Schlagzeug, doch war's nicht zu sehen.

War das die Carnegie Hall? *Carnegie new*, nachgebaut unter Carnegie Hall? Doch traten wir von oben her ein, jetzt, da das Musiktal noch nicht geschlossen war in der Höhe. Noch konnte, wer lauschte, die Untergrundbahnen der 6th das Firmament durchrasen hören.

Die gigantische Arena war nicht zu fassen, unzählbar die Sitzreihen abwärts, Terrassen hinunter bis in ein Sitztal-Parkett, das bis an das Ufer des Konzertpodiums wogte. Dieses, wenn auch nur Insel, das einzige Festland. Sinfonien der Tausend: so viele Stühlchen, die vor Notenständern standen. Michael Mantler ganz vorn auf dem Felsstrand. Er mußte balancieren, so ungefugt die Sturmflutklötze. Neben ihm Nick Mason in einem kammermusikalischen Probenlicht – und aber das Ziehen das Pochen der Ton! – Dann, als Jack Bruce durch die Stuhlreihen tritt, das Mikrofon nimmt, den Einströmenden entgegensingt, zur Höhe rauh und elegisch alone in the mud yes the dark yes sure yes panting die langgezogenen Klagelaute someone hears me no one hears me – da wird, wer eintritt, vollständig stumm. Auch stummges c h l a gen, vom Drummer.

In den oberen Gang münden Türen um Türen, und aus allen Türen quillt es, quillt die gesamte Menschheit herein. Und wer schon drinnen ist, schweigt.

Weiter improvisieren unten die drei, und oben der Menschenstrom reißt nicht ab.

Links hinten, in der Mitte des Rondells, eine verglaste, hell erstrahlende Loge. Man sieht nicht nur heraus, man sieht auch hinein. Neill selbst, mit seinem finanzierenden Bauherrn, sitzt drin, neben drei *Legz Diamond's*-Girls, von denen sich eine dem Geldmagnaten anschmiegt, einem fast noch jungen, hübschen Burschen, den Erbschaft und Geschick haben stromlinienförmig gemacht. Er hat sich die Damen bei Martha bestellt. So erfuhr sie vom Tief-in-der-Erde-Konzert und daß Maestro Chopstick und Mike Mantler … – Sie hatte nur einmal die Braue gehoben. Welch exzentrische Idee! Machte sich der Müßiggang jetzt bereits über die Mole People lustig? Eine weitere Kerbe ins Gedächtnis der schwarzen Fürstin geschnitten. Dennoch gab sie den Mädchen Erlaubnis … Es würde sowieso nichts mehr werden, da Olsen im Krankenhaus lag, dem für die Armen, und niemals wohl mehr ein Eßstäbchen hob. Doch was weiß *sie* von der Hoffnung, die er in alle Menschen legt, was von seiner das Jenseits der Realitäten rührenden Kraft? Ein purer Mensch ohne jeden Zynismus. Der reine Tor. Der reine Tor.

In *Carnegie Hall Under Manhattan* merken die Leute jetzt aber auch, etwas stimmt nicht. Wo bleibt der Maestro? – Wahr nämlich ist, daß die Musiker zu kaum einem Drittel erschienen sind. Haben sie sich nicht durchkämpfen können?

Nur langsam, während Bruce singt a few words yes a few scraps yes, füllt sich das Orchester der zerstörten Seelen und Körper unter den Schlägen der *Bass drums.* Zerfetzte Kleider Vogelscheuchen. Verkrüppelte *Les Miserables.* Abgehauene Kinder, die niemals eine Schule, Frauen, die ihren Vater nie sahen. Crackkranke, von *AIDS* schon fast in die Knie gezwungen. Kranke aus den Staatlichen Psychiatrien, vor paar Jahren auf die Straßen gesetzt, weil der City Council – *Guiliani the Yerk* – kein Interesse am sozialen Gemeinwesen hat. Zuckende, sabbernde Männer, vom schlechten Schnaps nur noch schwankend, ein Gloria der Prohibition, aufgewachsen in Lower East's kackhell braunen Kuben. Hunderte Straßenmeter sozialen Wohnbauelends, so nahe an Wall Street und Brooklyn Bridge, auf der Touristen staunen. »Aah!« und »Wie herrlich!« rufen sie. Übern East River fliegt eine Taube und fliegt übern Hudson: Ja was denn nun? Egal! – Ach verlogen, verlogen! Keiner will sie gesehen haben nachher: die roten verquollenen Mütteraugen, die, bis sie weich warn, geprügelten Latinokinder. Loisada, Loisada! Da will ich sein, *wo man Messer sticht und schießt:* **He brought her to a low place / He sold her to a drunken brute** Und so viele Stühle blieben noch frei! Aber daß die Mißgestalten Instrumente aus den Kästen holen, sie ansetzen, daß sie Töne fabrizieren können – mit diesen Fingern! Daß diese Menschen ihrerseits zu den Improvisationen blasen, die langen Bögen Mantlers unterstreichen, Masons synkopierte Drums synkopieren – das ist nicht faßbar, das spüren, die hereinkommen, gleich. Es füllt den Raum, hallt in ihm wider. Der Brustkorb wird einem eng, er wird weit: ein wahres Mysterium.

»Ladies and Gentlemen, how you doin'?« kam es von unten, rauh sprach Bruce ins Mikrofon. Rauh rüttelte es an Lautsprechern, die man nirgendwo sah. »We're glad to welcome you to participate in a miracle! Ladies and Gentlemen not to say: friends! This is Netherworld. Netherworld Under Manhattan!« – Und weiter geht es, »when I run«: **when I run when I run over the grass** Auch Sky jetzt in die Halle mehr geschwemmt als gegangen … starrt so bestürzt mit offenem Maul die Riesenhalle hindurch. Nicht Kristallüster hängen unter der Decke, sondern leuchtende Tropfsteingebilde. Rosa Quarze blaue Kristalle, zwischen Metallstreben Flutlicht. So etwas hätte er niemals geglaubt. Und w a r doch Bewohner der Tunnel gewesen.

Natürlich hatten sie sich von *UNDER MANHATTAN* während der Nächte erzählt, wenn du zu müde bist, und Shacky ist wieder zu schlaff, die Birne drüben aus der Notbeleuchtung aus- und überm Schlafplatz einzudrehen. So haben wir uns die Angst vertrieben im Dunklen mit Angst aus Geschichten. Es war schön warm, den Kopf der Stadt hoch über uns. Hals und Schultern Schlüsselbeine, das sind die Straßen. Man hört noch die Lungen der Subways fauchen, doch du, du bist ins Gedärm geschmiegt, und das Pochen des Herzens läßt die Versorgungsrohre klopfen. Wenn man dann nicht mehr weiß: ist diese Wand echt? ist es die lecke Sprinklerleitung, was da so tropft? habe ich eben Stimmen von oben gehört oder kamen sie von unten? – dann steigen solche Fantasien herauf wie Fieber aus Träumen aus Langeweile heraus, die dir die Zeit nimmt. Schon will jemand – war es Josie? – noch über die Siebente Ebene hinaus tiefer dort hinabgeraten sein, wo nicht die Zivilisation, sondern Evolution ihre Buchten in den Granit gesprengt. Wo ein Wasser entsteht, das niemals hinaufdrängt mit unbekannten blinden Fischen darin und kleinen Echsen oder Insekten, auch das weiß man niemals genau. Schmecken tun sie jedenfalls nicht. Genau dort will Josie eine Tür gefunden haben – nein, keine Öffnung, eine T ü r ! Dahinter habe sich eine Stadt aufgetan aus Straßen Häusern Lampen … und voller Läden Geschäfte! Doch niemand sei da gegangen. Sie schwöre, die erste Frau gewesen zu sein – sie lachte: »… der erste *Mensch*!« –, der dieses Reich betreten habe; von denen natürlich abgesehen, die es gebaut.

Wir hatten ihr nicht geglaubt, hatten ihr einfach nicht geglaubt. Aber die Geschichte war schön. Hamburger, die sich selber brieten: Es war wie bei Disney, wenn Fritten tanzend von selbst in das brodelnde Siedefett hopsen.

Aber da unten? Was ging da vor sich?

Die Musik hatte aufgehört, die Musiker sprachen leise miteinander. Berieten sie sich? – derweil sich die Reihen weiterhin füllten; noch war der Publikumszustrom nicht versiegt. Manche hatten weite Wege hinter sich, waren, nachdem im großen Bahnhof abgewiesen, ebenfalls nördlich weitergezogen, oder nach Süden. Sie wußten, wohin sie mußten, ja nicht. Eingestiegen über eine Station der Lexington Line, wo man normalerweise aufpassen muß, weil dort der Tunnelnachwuchs Jagd auf Nachtpassanten macht. Doch heute war der Eintritt frei, heute geleiteten einen junge Männer, vor denen man sich sonst vorsah. Ihre vernieteten Baseballschläger lagen über der Schulter zum Schutz oder staken an der Taille in Holstern. Niemanden noch mußte der in die Dreadlocks eingeknotete Schmutz erschrecken, durch die erschreckend breiten Lüftungsschächte war man – Bronxer Garde – geleitet, in die tags Licht aus den Gitterrosten fallen mochte. Nun aber, im Dunklen, wurden sie von grün glimmenden Notleuchten erhellt, so daß jeglich fremdes Gesicht wie an Wasserleichen blaß ward.

Da schossen über den tief elegischen, allein von den Drums rhythmisch gebändigten Klängen Streicherakkorde auf, als wären es helle Fanfaren. Die riefen zu einem andren Konzert, nicht Klage mehr, vielmehr Feier: – ein Lebensfest an- und verkündend, das den Leuten ihre Not in die Augen trieb, bis sie nach Vorspiel aufs Hauptthema unter den perligen Läufen eines jungen dicken Pianisten über gleichsam Bäche wegzustürzen begann … tröstlich, tröstlich freiester Fall aus C-Dur. Denn nun waren endlich genügend Instrumentalisten beisammen, um ganz ihrerseits zu zeigen, was in monatelanger Schulung – manche hatten zuvor niemals ein Instrument in Händen gehalten – der Maestro sie mit seinen Chopsticks gelehrt, wohinein er sie so versponnen trainiert. Leise dazu, abermals, Bruce: **Welcome to a miracle** ... und Mantler zerblies die eigene Trompetenbrise vorsichtig über dem Mozart. Fast unhörbar flatterte sie auf und davon, wurde im Nacken als Hauch nur gespürt, dessen Herkunft keiner findet. Da kann man die Fenster noch so sehr schließen und in Zugluftsfugen Deckenwülste drücken.

Die Pause vor dem Andante ohne jedes Geräusch.

Unten die Musiker in ihren Lumpen sahen sich kaum an, sahen auch nicht nach vorne, weil ihr Dirigent ja fehlte. Vielleicht weinten sie, es ist nicht zu sagen. Der Pianist, mit seinen roten Lebertranwangen kaum aus der Pubertät heraus, wischte sich jedenfalls über die Augen, bevor er den zweiten Satz begann.

Leise schlurften aberneue Musiker in ihren Lumpen heran, nahmen Platz, holten die Instrumente heraus, legten sie sich auf die Knie und warteten, bis ein Niemand sie rief einzustimmen. Jeder wußte instinktiv: auf Olsen zu warten, das hat keinen Sinn mehr. War er bislang nicht gekommen, würde er gar nicht mehr kommen. Es war ihm etwas zugestoßen, man mußte nicht diskutieren. So sind wir jetzt für uns, und die einzige Weise, ihn zu ehren, ist – zu spielen. Spielen, was das Leben hält. So taten sie – vereint ohne andere Leitung als ihr je eigenes, innerstes Ohr. Man konnte es von den Berghängen schluchzen hören bisweilen, dann lachte aber wer.

Sky hatte sich auf die Treppenstufe neben einer Reihe gehockt, seinen Kopf schief auf den Handflächen, Ellbogen auf Knie, so hörte er zu. Welcome to a miracle: Wer die Ausgerotzten dieses Spiel denn gelehrt, nun, wir wissen's. Doch wer führt ihnen jetzt die Hand und den Bogen? Wer machte es, daß links unsre Finger über die Stege rasen können, wie niemals gefroren von Frost und als wären sie nicht zahllose Male gebrochen und die Fingernägel rausgerissen worden, weil sich die Wunde vergiftet und eitrig hatte aufgeschwärt? Woher nahmen wir plötzlich die Kraft, nicht an eine bessere Zukunft, an Gerechtigkeit und Jenseits, denn damit haben wir abgeschlossen, doch wieder an das *Leben* zu glauben? Wer hat in uns dieses Glühen gegossen, den lachenden Ruf von Klippe zu Klippe durch Böen zutiefst in allen unsren Augen? Maestro Olsen noch einmal, tatsächlich, über den sich der halbe New Yorker Musikbetrieb so lange bloß amüsierte? Oder etwas – ja, *was* oder *wer*? – durch ihn hindurch? Dem der Prophet er geworden.

Schweigen, dachte das Publikum. Schweigen, laßt uns schweigen.

Da jubelte, wieder als C-Dur, der Schlußakkord des Stückes schon.

PAUSE

(Applaus, zögernd, misterioso –
Applaus, molto energico – erste Leute stehen auf –
Applaus, morendo, zerfasert)

Manche blieben sitzen, andere rannten aufgeregt rum. Waren Reporter dabei? Sonst sind Journalisten doch immer zur Stelle … Alle waren nur sprachlos. Was Neill in seiner Loge tat – ja daß er überhaupt da war –, spielte keine Rolle. Doch erstes Gerede raunte die Hänge hinauf und hinab: daß Maestro Chopstick von der *CIA* verhaftet worden sei oder vom *FBI*, die Gerüchtler wußten es nicht so genau. Anderswo hieß es, er sei bloß angefahren worden. *Wer*? Der Pennbruder mit den Eßstäbchen doch! Tatsächlich? Ich war mal in der Good Shepherd Church dabei. War schon beeindrukkend – soff der nicht aber? Ich hab ihn vor der Met gesehen.

Ist umgekippt in seinem Rausch. – Lachen. – Hat sich unterirdisch verirrt, nun dirigiert er den Ratten.

Lauter solches Zeugs.

Sky wußte nicht, worüber sich die Leute unterhielten, saß nur immer weiter da in seiner Schräge und dachte: Dafür hast du gelebt, das ist es, weshalb du alles ausgehalten hast über die Jahre, damit du hier dabeisein darfst. Er war seit langer Zeit wieder glücklich. Vielleicht sogar zum ersten Mal im Leben. Aber wußte nicht, daß er es war. Weder Wort noch Inhalt hatten mit ihm Bekanntschaft gepflegt. So konnte er's, im Wortsinn, nicht fassen, wollte nur nicht, daß dieses Konzert schon ende. Drin wär er gerne gestorben, so nahe war alles Leben ihm jetzt. Daß sich ein Schwarzer neben ihn hockte, war ihm völlig egal – nein, war es nicht. Er mußte nämlich lächeln. Selbst einen Sozialarbeiter hätte er neben sich geduldet, vielleicht auch einen Cop; nur war er sich da nicht g a n z so sicher. Ahnte noch nicht, was nun auf ihn zukam, erst von Mantler und Freunden geöffnet, dann von Mozart ins Hören verführt.

Der Bimbo sah ihn an, rote Streifen im Augenweiß unten. Eigentlich hat der Mann, dachte Sky, eine wunderschöne Haut. Eigentlich hätte er sie gerne berührt. Aber er traute sich nicht. – Der Schwarze nickte. Sky nickte auch. Sie sahen sich lange in die Augen. Dann konnte Sky nicht mehr, dann fing er durch die Augen sich auszuschütten an.

Mantler blies crescendo aus dem Unhörbaren herauf, ein langes Solo ins Sichsetzen hinein. Es wurde so still, daß wieder eine Subway ferne übern Himmel flog, man spürte das Zittern in den Armlehnen. Die Türen um die Saaldecke gedrängt voller Menschen.

Es waren nun doch noch Reporter gekommen, manchmal blaschte ihr Blitz. Auch Polizeieinheiten, hieß es später, hätten die Wege gefunden, sich auch tapfer durchgeschlagen.

Doch dann habe die Menge ihren Fortgang verstellt, man hätte die Leute denn in den zugestopften Schächten niederschießen müssen. Dafür lag keine Order vor, und wenn, keiner mehr hätt sie befolgt. Nicht wenige Cops, überdies, weigerten sich, überhaupt noch einzugreifen. Giuliani, alarmiert, soll vor Wut geschrien haben, geometrisch hin und her wetzend City Hall Downtown im *Governor's Room*. Ach, hätt doch auch er hören können! – Und Martha? Was war mit Martha?

Sie saß hinterm Publikum im Showroom und sah sich gelangweilt den Striptease einer Neuen an, nicht unbegabt die Kleine. Ob sie mit einer Browning auch so umgehen kann? Während Mr. Thimble sich in einer Bar an einem *Manhattan* den Mut für nachher antrank. Er konnt ja nicht wissen, daß seine Lissy … – zumal sich sein Geschick noch heute nacht ungut komplettieren würde. Wer sagt denn, daß das Leben gerecht ist? Sonst hätt ich wohl kaum in meinem entdachten Hotel, wenn auch nicht seelenvoll, vor mich hinschnarchen können, weil sich dauernd der Safe auftat und schloß und abermals auftat. Es goß und goß aus ihm in den Traum. Schon stürzte sich wieder ein Schlick über die Treppe vom zweiten Stock in den ersten hinab und lief albtraumhaft langsam den Flur entlang zu der des Erdgeschosses, überzog zähe Stufe um Stufe erneut, magmata unten sogar auf die Straße. Es blutete schweres Wasser, das Haus mit der Nummer 300 am Ende der westlichen 30th St.

Auf meinem Nachtschrank tickte sich der Wecker gegen dreiundzwanzig Uhr voran, während noch immer, noch im strömenden Regen, übern Times Square Inline-

skater flitzten, und wieder konnte man
The Lion's King
lesen
und schillerndes Gemenge aus
Bauzäunen
sehen
Disneyläden
Werbeflächen
Menschen Das quoll hindurch
und darüber
hin Separiert
amalgamierte lang
gezogene Körper Sahen wie
ungestalt
Larven
Kleidungsfetzen
Richard Chamberlain
aus
Touristen
Rucksäcke die sich
wie
durch *Fosse* Wasser- durch Lichtfälle schlängelten, behängt mit Fotoapparaten, an Tausende Hände Videokameras geschnallt.

Während alledies so weiterging und fraß und trank, in sich hineinstopfte, hungrig, ohne Besinnung aufs Entertainment gierend, das den Menschen ihre Freiheit bewies Gehupe Sirenen die roten Feuerwehrwagen, noch jetzt, im Regen *Ragtime Chicago Cats* und *Cats* und nochmals, nochmals, nochmals Cats, Schirmdächer Frittenfett *BBQ*, die feste Arche Noah hilflos, während die weißen Lincolns schwarzscheibig blinkblank schimmernd Prasselwasser Pfützen spitzten lachende *Blendax The Matrix* Sean Connery *Entrapment* um Ecken bogen geduldig wartend **The 13th Floor**, bis die

Schwälle Touristen vorbei warn, überquert 45th St, sie mochten gegenüber MARRIOTT MARQUIS oben das Drehrestaurant zu zwanzig Dollar der Martini aus dem Tourist Office am Duffy Square gekommen sein, wo man unentgeltlich seine Mails qua *hotmail* besorgt und Stadt- und Subwaypläne sowie Hostelverzeichnisse kriegt, aber nein, es war wohl schon zu – sie scharten sich bloß noch um die Theater oder kamen aus dem Theater. Im PANASONIC-Screen wurde Konfetti über die 42nd geworfen wie Schnee Jubelfetzen wölbige Limousinen in Schwarz, damals fuhren noch Doppeldecker in acht Schichten Zwiebeln und Catchup nach Wunsch. Jetzt wuselten Girlies aus RIESE'S und kreischten, während nur hie und da sich noch einer auf nach unten machte, von einem Laut gelockt, der längst verklungen *Mozart goes to town* stieg durch einen Abfluß die Leiter hinunter und watete durch den Auffangkanal, während es oben weiterhin hupte schrie sirente Pop aus den Autoboxen, hat sich in NEW CARNEGIE, Under Manhattan New York, aus den gedehnten Streichern gedehnt die Violine dieses Delmini solistisch eitel gehoben: Spiel, Zigan, spiel! – Zurückgeworfen die Mähne stolz den Schnurrbart gesträubt, aber auch er weiß es nicht, wer ihm gleich die Hand führen wird, schwitzt vor Lampenfieber noch schlimmer als Angst.

Sky starrt mit geöffneten Lippen die Reihen hinab. Könnt er doch besser sehen! Nur ein Auge reicht nicht. Er schließt es und lauscht. An den Schwarzen neben ihm ist eine kleine Asiatin gekrochen, das Haupt unter dessen herrlicher warmer, sehniger Hand. Frauen haben von solchen Händen geträumt, sie begehrt und begehren sie weiter, dieses Kind schmiegt sich einfach hinein, schmiegt sich in Petterssons verlornen Gesang, der, kaum angekündigt, kündet: Ich werde nicht enden – von Sinfonie durch Sinfonie in dieses Konzert unter die Erde getragen und über Konzert und Erde hinaus, Melodiebögen geclustert aufgeschlagen vorangehauen verknüllt. Man möchte brüllen, losbrüllen möchte man, um sich schlagen, nicht nur, wer arm ist, die Gestoßnen nicht nur – auch die, die nie gestoßen waren, hat das Leben schwer getreten. Bloß merken sie's erst heut, jetzt, hier, mehr als einhundert Meter unter 57th St, einhundertfünfzig einhundertachtzig Meter, wenn sie näher am Podium sitzen, und sie kriegen gar nicht recht mit, wie sie der unaufhaltsame Tonstrom, der durch die Ohren Zwerchfell Brustbein in den Körper hineinfließt, entgiftet, indem er Arterien und Venen und Ganglien und jedes Organ so sehr ins Schwingen versetzt, daß sich Not und Beengung wie schlechte Träume, die in Wirklichkeit Wirklichkeit sind, endlich aus- und hinausschütteln lassen.

Die Stühle auf dem Podium bis in den letzten Platz besetzt. Mantler und Bruce hocken vorne und haben die Knie an die Körper gezogen, Mantler in beiden Händen seine Trompete. Auch er lauscht. Bruce singt brummend leise mit – deutlich zu hören auf der *CD*. Heimlich hat Neill das summende Graunzen gegen jede Abmachung mitschneiden lassen, alles mitschneiden lassen, was *Under Manhattan* vor sich gegangen. Ihn interessierte, woraus es atmete, nicht; er wollte seine Vision demonstrieren. Zu Hunderttausenden wurde die Aufnahme in der Woche darauf unterm Ladentisch verscherbelt. Es gehörte zum Marketingkonzept, daß dergleichen nicht offiziell existierte. Dabei hatte Olsen recht gehabt: Niemand, im Nachhinein, konnte verstehen, was da so Besonderes gewesen sein solle nachts untertag, wo doch nicht mal ausgemacht war, ob die *CD* nicht ein Fake war – womöglich eine im Nachhinein aufgemotzte Studioproduktion, mit der sich Bruce und Mantler neu ins Gerede bringen wollten und verspäteten Anschluß an den Mischmasch der World Music finden. ›Mystification‹ nannte wer in der New York Times die *CD*; ›Mogelpackung‹ stand im Village Voice. So daß *Under Manhattans* Existenz durch die City Hall weiterhin genauso geleugnet werden konnte, wie sie jahrelang bestritten hatte, daß es die Mole People gab, die sie doch im selben Atemzug in den Schächten ausräuchern ließ. Auf den Ladeflächen ratterten Container den Lincoln Tunnel bis in New Jerseys Leere. Es würde eine Razzia geben im Gegenzug. Bis in die sechste Erdschicht drangen die Kommandos vor, aber dann besorgte sich Neills Mäzen bei der höchsten Stadtverwaltung einen Termin, und die Angelegenheit wurde niedergeschlagen: sowohl die Recherche als auch jeder Tunnelbewohner, den man zu fassen bekam.

Auch Sky wurde von den Cops gefaßt. Aber nicht unterirdisch aufgefunden, sondern uptown in einer der Höhlen, die, mit Aussicht auf den riesigen, silbern leuchtenden, wunderbaren Hudsonfluß hinterm Parkway entlang der Fernbahngleise in den gesprengten Felsen nicht nur Zuflucht, sondern auch ein Licht gewährten, von dem sich ein Nächstes erzählen ließ. – Er hatte sich seit dem Konzert nicht mehr auf die Straße getraut, war durch die Schächte bis hierher geflohen, immer nur diese Musik im Ohr, war in vergessene Kanäle vorgedrungen wie seinerzeit mit der *ALLIGATOR PATROL*. Aber Krokodile gab es nicht mehr. Dabei hätte er sich so gerne mit der alten Echse unterhalten, die sich von Benny Profane erwischen ließ. Nun unterhielt er sich nur in Gedanken mit ihr. Dabei schaute er auf Schiffchen, die sich, als schwebten sie über dem straffen dahingestreckten Wasserspiegel, flirrend aufzulösen schienen. Es war warm geworden in New York. Freilich hatte es niemand bemerkt: aber damit, daß der letzte Ton des Konzertes verklang, verklang auch der Regen, als hätte die Musik den Himmel ausgewaschen, und für Momente kam über die Stadt eine Klarheit, die jedes Liebespaar berührte, das trotz der Witterungsunbill Hand in Hand geschlendert kam. Sowie paar in die Südbronx verdrängte Indianer hatten momentlang die Nasen gehoben und witternd gewußt: Irgend etwas ist geschehen. Die Häuser haben

Wurzeln bekommen. Sie können sprechen und teilen sich mit.

Idahoe S. Neill, der doch das alles ermöglicht, erfuhr davon nichts.

Die kleine Asiatin war eingeschlafen unter der so schwarzen Hand.

Niemand bemerkte überhaupt, daß das Konzert vorbei war; die Streicherbögen spannen sich in den Menschen einfach weiter.

Die Halle gedehnt wie ein Brustkorb; Mantler saß wie Mason und Bruce. Alle saßen und saßen.

Nur langsam wurden die Musiker wach. Arturo Delmoni ließ erst die Geige sinken, dann seinen Kopf. Bitte – jetzt bitte – keinen Applaus! – Es wäre niemand auch nur auf die Idee gekommen. Delmoni hatte nicht selber gespielt, das wußte jeder, nur nicht, wer. Er war viel zu unbescheiden, um sich mit fremden Federn zu schmücken. So hätte er den Bogen niemals führen können, so tun's nur die Götter und selbst die nur dann, wenn sie die Traurigkeit anfüllt. Eigentlich hatten die andren, die um ihn herum in ihren Lumpen, durch ihn, den gehypten Virtuosen, hindurchgespielt. Das eigentliche Wunder aber war, daß ja auch das Orchester selbst nicht spielen wirklich konnte, jedenfalls nicht gut, und hatte es dennoch getan. Dennoch hatten Fingerkuppen Fingerglieder gleichsam gesungen, hatten Gelenke singen sie lassen die Arme: die Seelen dieser Menschen waren selbst zu Gelenken und Sehnen geworden, ein kollektives Zentrales Nervensystem. Wie sich, so heißt es, auf den Hypnotisierten jede Fähigkeit des Hypnotiseurs überträgt, so hatte sich hier die Musik – und tatsächlich, nicht nur angeblich – aus den Menschen gebären lassen. Es hatte so wenig gebraucht, daß es geschah: Ein Jahr des Trainierens unter der visionären Wahnidee eines begnadeten Narren, oft hungrig, meistens durstig, schon gar nicht betrinken mehr durfte sich einer, weil sonst aus den Händen der Tremor nicht wich. Und eigentlich hatte keine und keiner gewußt, warum sie, warum er so etwas tat. Denn was waren wir verlacht worden, verhöhnt! Doch erst, da die Musik geendet … nein, bereits als sie erklang – und aus u n s ! klang sie, kam ganz aus der Tiefe, die in einem ist –, begriffen wir … begriffen *nicht*, aber ahnten, *was* durch uns ins Leben trat. Es war doch eigenartig genug gewesen, daß, je öfter wir unsere Proben hatten, mal in den Condos der Plattform 100, mal in der Höhle unter Bryant Park und sogar gleich hinter Spring Street/Lafayette … umso mehr Musiker kamen. Glauben Sie mir, für unsereins ist es nicht leicht, die Instrumente überhaupt nur aufzutreiben noch gar sie zu pflegen – vor allem, sie trockenzuhalten. Das ist in der Tat ein Problem. Wir putzten sie wie Kinder, und als uns dann die Kumpels hörten, die uns doch anfangs für Irre hielten – ich hätte genauso, wär ich nicht Olsen begegnet – ein heiliger Mann, glauben Sie mir –, jeden anderen, der so etwas vorhat, für durchgedreht gehalten – … also, als sie uns hörten, da lachten sie n i c h t mehr, sondern versuchten ebenfalls, ein Instrument aufzutreiben. Sie liehen es sich. Sie klauten es sich, also die meisten. Sicherlich erinnern Sie sich an diese mysteriöse Einbruchsserie. – Wie? *Bedauern*? *Was* soll ich bedauern? Lächerlich! Verzeihung, Sie sind nicht dabeigewesen und k ö n n e n nicht verstehen, was selbst die Schläger von Melrose verstanden. So daß es am Ende zu einem derart geordneten Abzug kam. Niemand wurde verletzt, keine Panik brach aus. Still waren die Schritte unter der Erde, als sich New Carnegie leerte. Unmöglich, etwas zu sagen. – Der Schwarze nahm seine Hand vom Kopf der Asiatin, die erwachte. Ihre weiten Kinderpupillen sahen ihn an, glitten hinüber zu Sky. Das Mädchen wischte sich den Schlaf aus den Augen. Dann lächelte es kurz, stand auf, rannte fort. Wohin? Wer kann es wissen? Sky sah der Kleinen nach, noch als sie schon verschwunden war. – Als er sich zu seinem Nachbarn zurückwenden wollte, war auch der fast schon fort: paar Stufen hinauf. Er drehte sich nicht wieder um.

Unten, verlegen, hüstelte Bruce, er war seltsam heiser, hüstelte nochmals, räusperte sich und räusperte, wozu Mantler selbstgesprächig in seine Trompete blies. Auch Mason schlug zweidreimal mit Besen auf die Becken. Das rauschende Schleifen mischte sich ins Schlurfen der Tramps, der Chuds, der Tunnel Dwellers. Die kehrten in ihr Verlornes zurück. Denn wirklich hatten sie etwas verloren, jetzt wußten sie es alle. Das hatte ein alternder Narr ihnen zurückgeschenkt nun. Jetzt müßten sie es halten. Doch er selbst hielt es nicht, noch es ihn: Im Koma hatte er, vielleicht vierzig Takte, seine Musik ferndirigiert; die rechte Hand – Daumen-, Zeige- und Mittelfinger ein imaginäres Stäbchen führend – schwang unmerklich am gehobenen Arm. Dann senkte der sich. Da war die Musik für immer aus. Da hörte auch der Regen auf. In der Halle rissen sich die Schönen Quartiere zusammen und richteten Toupiertes. Dann zupften sie auch den Hundchen die Ponys und hakten sich bei ihren Ehemännern ein.

Welch ein Zug unter den Straßen! Man kam sogar wieder im Grand Central heraus, längst war das Department abgerückt, nicht mehr als fünfsechs Officers hatte es zurückgelassen. Jedenfalls waren die nur zu sehen. Sie schüttelten betreten den Kopf, als die City viertels aus dem Erdreich herauf aus der Nacht in den künstlichen Tag des Bahnhofs hineinstieg und von dort hinaus in die Nacht. Doch selbst in der war es so hell, daß man die Lider zusammenkniff. Aber welch gute Luft! – Taxi um Taxi fuhr an. In den gelben Heringsschwärmen knallten die Türen Auto um Auto. Von den Wangen ward das verwischte Makeup gewischt.

Sky, immer noch neben der Reihe auf seiner Stufe, blinzelte. Wo sind die alle hin? Wie bin ich hier hereingekommen? – Ein livrierter Platzanweiser stand, wie aus den Stufen selbst gewachsen, neben ihm, sah streng auf ihn herunter: »Sie müssen gehen. Haben Sie nicht gemerkt, daß die Musik vorüber ist? Sie können hier nicht schlafen.«

Mühsam richtete Sky sich auf.

Der Livrierte verzog pikiert das Gesicht, als er den Geruch in die Nase bekam.

»Hatten Sie überhaupt ein Ticket?«

»Ticket? Äh?«

»Lassen Sie sehen!«

Sky tat so, wie wenn er in seiner Tasche wühlte, tastete auch die Hemdbrust ab … – Nicht zu fassen!: er hatte eins. Da war es! Er starrte das Papier ebenso entgeistert an wie der verschnupfte Platzanweiser, der ihm hinterherrief, als der Berber möglichst schnell, damit das Ganze nicht doch noch als Irrtum aufflog, davonhumpelte: »Ja, wo wolln Sie denn hin?! Raus geht's hier unten, da oben komm' Sie doch höchstens aufs Dach!«

Von alledem ließ gar nichts sich verstehen. Sky war so voller Musik.

Er humpelte schlurfte hinkte die Treppen hinab ins Entrée. Da stand noch die feine Gesellschaft und ließ sich in die Mäntel helfen. Sky spuckte aus. Dann trat er auf die 57th, vom Central Park flossen die hellen Abblendlichter auf die ganze 7th Ave hinab.

Es war zu naß, um in den weiten Grünanlagen eine Zuflucht zu suchen.

Also schleppte sich Sky ans letzte Stückchen Broadway, das bereits im Dunklen lag. Er kannte einen Durchschlupf unter Columbus Circle, von dem aus man Zugang in einen stillgelegten Tunnel bekam, der zwar nicht sonderlich kommod, doch als Behelf geeignet war. Zumal von dort die Kanäle und Schächte in den Norden führten. Denn dahin wollte Sky.

Mr. Thimble hatte sich betrunken in dieser Bar Ecke 65th St Columbus Avenue. Nun, auf seinem nervös gepeinigten Weg zur 54th, kam ihm Sky entgegen, aber die Männer erkannten sich nicht. Innerhalb der letzten Stunden waren ihre Welten wie Scherenblätter auseinandergegrätscht.

Dennoch blieb Mr. Thimble stehen, als die gebeugte, ein bißchen drohende Gestalt da so über den Broadway schlurfte. Möglicherweise war der Obdachlose aggressiv. Bei solchen wußte man nie. – Aber der Kerl sah nicht hoch, und Mr. Thimble wankte seines Weges unbehelligt weiter. Er hatte eine solche Angst vor Clarissa und sehnt' sich doch nach ihr.

Noch drei Straßen, zwei … noch eine … – Er konnte den Baldachin ins Dunkel glimmen sehen, darunter einen Livrierten, nicht aber die Schlägertypen, die straßenwestwärts zusammenballten und schon beratschlagt hatten, ob sie nicht wieder abziehen sollten. Man hatte sie geleimt. Denn niemand, auf den Taliskers Beschreibung gepaßt hätte, war erschienen. Dabei hatten sie große Lust gehabt, jemanden hart aufzutischen.

Talisker seinerseits hatte verschlafen, war glatt über das Sirenen des Weckers drübergepennt und irgendwie dann doch hochgekommen. – Es war schummrig im Zimmer. Auf der Decke spielten die Lichtreflexe von der 8th Ave und das blinkende Rot der Ampel drüben. Von unten hoch quasselte Kroppzeug lachte brüllte 'ne Keife, keifte die ganze 30th entlang, bis sie zu weit weg war, um durch das Rauschen der Autos noch vernommen werden zu können.

Talisker hatte einen ziemlich blöden Kopf von seinen irren Träumen, die von dem Safe und einer lästigen Musik ausgegangen waren. Er zog eine Zigarette aus der halb zerknüllten Schachtel, die auf dem Nachttisch lag. Das Einwegfeuerzeug schnarrte. Er nahm einen Zug und stellte sich, die Beine rutschten vom Bett, allmählich wieder her. Zog sich an, grabbelte die Pistole aus dem Nachttisch und machte sich auf.

Im Flur war das wäßrige Magma zu stehen gekommen, auf den Stufen nach draußen standen bloß Pfützen; der Belag allerdings war wie nasser Torf. – Man mußte immer sehr heftig ziehen, damit die Eingangstür zuging: Dreivierfünfmal und mit Schmackes. – Krach. – Krach. – Na komm schon! – **Knall**.

Hatte er den Schlüssel? rieselnd Momentschreck. Ja, hier. Ein Typ, als Talisker sich umwandte, stieß beinah mit ihm zusammen, drei Finger und Mayopommes zwischen den Zähnen. Die Mayo kleckste runter, er schimpfte, Talisker momentlang voll Lust, dem eine Faust in den Magen … Wäre aber schnell genug nicht weggekommen, denn drüben, Ecke *Manhattan Inn / The 8th Ave Gourmet Market*, stand ein Cop und langweilte sich mit seinem Styroporbecher rum, den rechten Fuß angewinkelt gegen die Hauswand. Seinetwegen war auch die Asianutte nicht zu sehen, die sonst da lungerte und Kaugummi fraß, bis sie was andres zu kauen bekam.

Talisker hatte ziemlich Glück, weil grad der M10er heranfuhr, der den ganzen Westen Manhattans entlangbrummt, von South End übern Central Park bis hoch zum stinkenden Harlem River. – Mit gehobnem Arm rannte Talisker über die Straße, stoppte den weißblauen Bus und stieg ein. Ich fahre, schätzte er, dreivier Stationen. Doch woher hab ich die Metrocard?

Er steckte sie beim Fahrer in den Leseschlitz, steckte sie wie oft erst falschrum rein, genervt guckte der Fahrer ihn an. Endlich stieg er wieder aus und bog im selben Moment in die 54th, in dem auf der gegenüberliegenden Straßenseite auch Mr. Thimble ankam und die drei Jungs sich fast schon aus dem Staub gemacht hätten.

»Da ist er doch«, sagte Talisker ohne weitere Begrüßung, gab bloß mit Kinnicken die Richtung an und fügte bei, als sie schon kehrtmachen wollten: »Hier, nehmt den.« – Verdutzt starrte einer in seine Hand, grinste dann, das Baby schmiegte sich angenehm ein.

»Na dann«, sagte Talisker.

Er freute sich auf die Show.

Die drei schoben auf Mr. Thimble zu. Der hatte Talisker erkannt und winkte. Wankte, weil die Schläger kamen, wußte nicht, ob abhaun, ob auf ihn warten. Talisker verstand ihn nicht, hörte aber dennoch, wie sich auf Mr. Thimbles Lippen ratlos zwei »Mister … Mister …« hauchten.

Die Schläger passierten den Türsteher, der hatte plötzlich sein Walky-Talky an den Lippen, bekam einen Hieb, das Sprechgerät beschrieb einen Bogen und schepperte vor der sich öffnenden Tür eines Taxis auf, das soeben eingebogen und vor *Legz Diamond's* zeitgleich damit zum Stehen gekommen war, daß der Livrierte hintüberkrachte und, im Eingang zum Lift des Stripschuppens liegend, keine Luft mehr bekam. Der Schlag hatte punktgenau seinen Solarplexus getroffen.

Die Situation war insgesamt heiter, aber für Taliskers Geschmack ging alles viel zu schnell. Denn nicht nur entstiegen dem Taxi Clarissa und ihr Freier, Neills Mäzen, jener stromlinig hübsche Erbe, der die junge Dame nach dem Konzert mit der Aussicht auf glückliche Zukunft, die besonders aus drei Kindern und Haus auf Long Island bestehe – da öffnet die realistische Frau schon mal ihre Schenkel – ziemlich unwohlerzogen zwischen den Beinen … sagen wir: gekrault hatte, sondern die Bodyguards eben auch stiegen aus. Wobei sie eher sprangen. Als jemand schoß, meine Schläger oder die Gorillas, wen interessiert das? Jedenfalls kriegten die Rowdys eine riesige Angst und rannten weg. Noch zwei Schüsse, und sie waren, über den in die Knie gegangenen Mr. Thimble, davon.

Neills Mäzen hatte sich umgedreht, war wieder ins Taxi, rief seine Leibwächter bei Fuß. Eh man überhaupt nur begriff, was passiert war, hatten die sich schon, so ungelenk sie auch waren, zurück ins Taxi gewuchtet. Das startete durch.

Motorjaulen Wasser spritzte wer hupte eine Sirene drüben blinkte insistentes Ampelgelb. – Dann war es wieder so still, daß man den unterm Baldachin Niedergestreckten weiterhin erfolglos um Atem ringen hörte. Clarissa stand in dem Blinken direkt vorm Bordstein auf der Fahrbahn und griff sich an den Kopf, sah von Talisker zu dem hechelnden Livrierten zu Mr. Thimble, der, noch immer auf seinen Knien, aber nun beide Hände links auf die Weichen gedrückt, etwas zu sagen versuchte, es aber nicht schaffte, sondern Blut spuckte, ein etwas schäumendes Blut, das von alleine nicht ablaufen wollte, sondern einfach seine Mundhöhle füllte und weiter, weiter, weiter füllte. Nur durch die Finger rieselte ein bißchen davon, so, als hätte in dem erkaltenden Mann ein tiefschwarzes warmes Öl gekreist. Es brauchte eine Ewigkeit, bis Mr. Thimble seine kniende Haltung aufgab und also das Bewußtsein verlor.

Die Sirene verklang in der Ferne. Clarissa stand weiter am Bordstein, sprang ihrem Mann aber nicht bei. Immerhin sah sie ihm jetzt einmal zu, nahm ihn wahr, direkt menschlich. Sprach ihn sogar an, sagte »Mickey«. Wiederholte es. Weder Trost klang darin noch ein Vorwurf. – Endlich war Mr. Thimble nach vorne gekippt und nacheinander auf Arme Bauch Stirn Antlitz geklatscht. Nearer, my God, to Thee. Eigenartig verkrümmt blieb der Körper liegen.

Clarissa rührte sich nicht. Der Türsteher hatte aufgehört zu hecheln, lag endlich in Ohnmacht hineinventiliert. Jemand mußte etwas unternehmen, irgendwann kam mit Sicherheit Polizei ein Passant kämen paar Stromer. Deshalb war es an Talisker, die Schritte zu Mr. Thimble hinüber zu tun. – Er drückte sich an Clarissa vorbei und drehte den Dicken mit dem linken Fuß herum. Jedenfalls versuchte er's. Dann bückte er sich in die Knie, aber ohne, daß er sich hinhocken wollte.

Der Bauchschuß, offenbar links durch die Seite, war vielleicht durch den Magen, vielleicht durch die Niere gegangen. Es konnten auch andere Organe verletzt sein – was völlig egal war; zu machen war da eh nichts mehr.

Talisker durchwühlte den Mann. Fand Ausweise Kreditkarten Börse, fand Briefe und ein bißchen Münzgeld. Die rechte Innentasche aber steckte voll Dollars. Talisker nahm sie an sich. – Sonst noch ein Hinweis? Eigentlich hätte er dem Toten, so hart war er aber noch nicht, das Gebiß heraustreten müssen; Ermordete werden zu schnell an ihren Zähnen erkannt. Denn natürlich würde sich eine Spur finden lassen, die direkt zu Clarissa führte. Die jedenfalls würde nicht länger mehr hier arbeiten dürfen. Was ihr jemand beibringen mußte. Zwar war es Talisker wurscht. Doch er wollte sich den Abend nicht auch noch selbst vermiesen. Wandte sich deshalb vom Leichnam weg, auf den die Frau immer noch starrte, rührungslos, eine Schaufensterpuppe.

»Wir müssen verschwinden«, sagte er.

»Ich weiß«, flüsterte sie.

»Hast du was, wo du heute nacht bleiben kannst?«

»Ich hab ein Zimmer, hundertachtzehnte Ecke Morningside.«

Er schüttelte den Kopf. »Da wird man dich suchen.«

»Wieso mich? Ich habe doch gar nichts getan …«

»Du glaubst, danach fragt wer? Du bist eine …« leiser: »Nutte.«

Sie lauter: »Was hat denn das damit zu tun?«

»Ich nehme dich erst mal zu mir mit.«

Sie zuckte die Schultern, wollte sich hinlegen, ausziehen und nehmen, wollte einfach geschehen lassen, was über sie kam. Ohne eine Regung. Ohne auch nur den Impuls, sich zu wehren. Sie hätte sich auch schlagen lassen. Vielleicht fühlte sie dann wieder was. – Er drehte die Frau an der Schulter weg, sein Unterarm, gegen ihren Rücken gepresst, drückte sie in die ersten drei Schritte.

Sie tauchten in eine nächtliche 8th voller Mumien. Penner in Eingängen auf Pappestücken Mänteln Decken, Crackdealer vor den Deli's, paar Straßentänzer Latinojungs um ihr schepperndes Cassettendeck aus Plaste und Blech. Noch waren die Straßen naß. Talisker war sich sicher: Mit der kann ich jetzt anstelln, was ich nur will. Mal sehn, wie weit es sich gehen ließ. Nicht um ihre, um meine Grenzen war mir zu tun. Eine völlig neue Erfahrung. Morgen geb ich ihr dann das Geld ihres Mannes und schick sie in die Wüste. Soll sie dort zusehn, wie sie zurechtkommt.

Wir zogen die ganze Avenue bis zur Penn Station runter, von aufgeblendeten Autoscheinwerfern bisweilen blind oder Flektionsringe vor den Augen Schattenstreifen Lichtpunkte laufende Neonsignale rotgrünblau. Rings um die Peepshows massive fette Pommesgerüche.

»Willste was essen?«

Keine Reaktion.

Ich dirigierte sie über die Straße, auf meiner Uhr waren fast fünfundzwanzig Minuten vergangen. Ich wollte es hinauszögern, daß ich sie benutzte, fand das ziemlich erregend. Also schob ich sie rüber in den *Moley Wee*. – Irisch-einverständiges Grüßen, stummes, fast bewegungslos, Nicken. Rednecks saßen rum und kippten ihr *Smithwicks*, während ich beim *Murphy's* blieb. Ich hätte eigentlich leichtes Spiel gehabt und die Profession wechseln können. Lissy war ja wirklich hübsch, man mußte sie nicht mal besonders aufdonnern. So hätten wir gewiß paar Wochen überstanden. Bis sie sich halt was einfängt. Dann natürlich muß sie weg.

Ich bestellte zwei Martinis.

Der Ire: »Gin oder Wodka?«

Ich: »Gin oder Wodka?«

Sie: »Wodka.«

Ich: »Einen Gin, einen Wodka.«

Als sie ihr Glas an die Lippen setzte, sah sie mich plötzlich hellwach an. Es war, als hätte ihr jemand einen Schleier von den Pupillen gezogen. Und im nüchternsten Tonfall, der sich denken läßt, gestand sie mir: »Weißt du, eigentlich habe ich Mickey immer geliebt.«

Da konnt ich nicht anders, als brüllend zu lachen. Tutto nel mondo mein Gastmahl: So fällt der

Vorhang

über das Stück.

THX

Dieses Buch ist ein Roman. Es läßt sich als Reiseführer aber verwenden. Erfindung ist alleine *Under Manhattan*. Soweit es allerdings die Welt der in New York City untertags lebenden Wohnsitzlosen beschreibt, habe ich mich auf die berührenden Reportagen Jennifer Toths gestützt, die 1993 unter dem Titel »The Mole People, Life in the Tunnels Beneath New York City« in der Chicago Review Press, Chicago, Illinois, erschienen sind. Ein nächster Dank geht an Ted und Steve aus dem STAR HOTEL, Manhattan, NYC. Die Figur Maestro Olsens verdanke ich der Erscheinung des Dirigenten Jens Nygard, dessen musikalische Humanität mich auf das äußerste beeindruckt hat.

Besonders danke ich Ariane Fink, die mir mit ihrer Kenntnis dauergeholfen, nämlich geduldigst Fragen um Fragen beantwortet hat, ohne in der Freundschaft zu einem nachzulassen, der mit jenen niemals nachläßt. Und meiner »Eckermännin« Elvira M. Gross bin ich von Herzen verpflichtet, die sich drauf einließ, dieses Buch völlig neu zu lektorieren, sowie Christoph Haacker, meinem Arco-Verleger, der es herausbringt.

ANH

New York City / Berlin / Olevano Romano / Berlin

April 1999 bis Mai 2000

Neufassung / ANH & Elvira M. Gross:

Berlin und Wien

Dezember 2020 bis Februar 2021

Alban Nikolai Herbst
Das Ungeheuer
Muse
Arco

Bibliographische Information der Deutschen Bibliothek:
Die Deutschen Bibliothek verzeichnet diese Publikation in der Deutschen Nationalbibliographie; detaillierte bibliographische Daten sind im Internet über http://dnb.ddb.de abrufbar.

KWS

Der Arco Verlag unterstützt die Kurt-Wolff-Stiftung
für eine vielfältige Verlags- und Literaturszene.
www.kurt-wolff-stiftung.de

Lektorat: Elvira M. Gross
Fotos: © Alban Nikolai Herbst, 1999
Umschlaggestaltung:
Praxis für visuelle Kommunikation, Wuppertal.
Satz: Sarah Käsmayr, Berlin
Druck und Bindung: Beltz Grafische Betriebe,
Bad Langensalza
Printed in Germany

ISBN 978-3-96587-010-9

Arco Verlag GmbH, Obergrünewalder Straße 17, D-42103 Wuppertal
Arco Verlag (Wien), Lorbeergasse 10/12, A-1030 Wien
service@arco-verlag.com